Les fleurs intérieures

Aline Ste-Marie

Les fleurs intérieures

11 nouvelles inspirantes

Dépôt légal : 2016
Bibliothèque et Archives nationales du Québec
Bibliothèque et Archives Canada

ISBN 978-2-9815802-0-7 (version imprimée)
ISBN 978-2-9815802-1-4 (version numérique mobi)
ISBN 978-2-9815802-4-5 (version numérique EPUB)

A toi, _______________________

Parce que tu es unique,
ta présence fait une différence.

Table des matières

Note au lecteur

Les histoires, qu'elles soient réelles ou fictives, détiennent un véritable pouvoir de transformation. En t'identifiant au héros, tu vis par personne interposée des événements dont tu tires des leçons de vie. Tu éprouveras des émotions en t'oubliant dans le parcours du personnage, tu comprendras autrement, tu poseras sur les choses un regard différent.

Tu possèdes toi aussi, Lecteur, le pouvoir de donner vie au personnage par l'attention que tu lui accordes lors du temps de la lecture. Tu le colores de tes propres perceptions, des expériences qui t'ont marqué. Le livre n'est jamais tout à fait le même. Il s'adapte à tes besoins, fait ressortir ce que tu recherches. Riche de ressources insoupçonnées, sa relecture peut dévoiler des couches plus profondes, en résonance avec ton état d'être.

Si tu offres ce livre à un ami, qui sait quelle phrase le touchera ? Une goutte d'eau tombe sur la surface de l'océan d'une âme et provoque des réverbérations infinies et mystérieuses...

La vibration d'un livre altère ta propre vibration, et vice-versa.

Lecteur, choisis soigneusement tes aventures littéraires. Au terme de chacune d'elles, nul ne sera le même.

Une fois la page lue et tournée, rien ne pourra plus l'effacer de ta conscience. Tu seras transformé à jamais.

Tourneras-tu la prochaine page ?

Merci de venir à la rencontre de ces personnages et de cheminer avec eux le temps de leur histoire.

Pour en découvrir davantage, obtenir des téléchargements gratuits, participer à des tirages de livres et être tenus au courant des nouveautés, rendez-vous sur mon site www.alinestemarie.com

Les fleurs de Rosalie

Le tintement du carillon résonna aux oreilles de Rosalie. Elle quitta des yeux l'arrangement floral qu'elle retouchait afin d'examiner l'homme qui traversait la boutique. Elle sentit tout de suite qu'il ne s'agissait pas d'un client ordinaire.

Il lui demanda à manger. En dépit de ses haillons de mendiant, sa propreté et la douceur de son regard lui inspirèrent confiance. Elle l'invita à la suivre à l'arrière de sa boutique où elle habitait avec son petit-fils, Carlo. La cuisinette, un peu vétuste, mais accueillante et ensoleillée, le réconforta. Il prit place au bout de la table avec un sourire humble. Rosalie lui servit un bol de soupe et du pain. Après quelques minutes à se rassasier en silence, il entama la conversation dans un français laborieux.

L'étranger venait du Bhoutan, un des plus anciens royaumes du monde, niché sous l'aile du grand Himalaya. Ce pays de montagnes brumeuses aux denses forêts était demeuré isolé du reste de la civilisation pendant des siècles. L'homme vivait dans un hameau si petit qu'il ne figurait même pas sur les cartes géographiques.

Pour la remercier du repas, il lui offrit un sachet de graines de fleurs très rares, seul objet qui lui restait de son pays d'origine. Il insista pour qu'elle veille à ce que cette espèce ne s'éteigne pas. Plus personne ne la cultivait maintenant, l'endroit d'où elle provenait ayant dû être déserté. Il avait recueilli ces dernières graines juste avant son exil.

Une fois l'inconnu parti, Rosalie fixa cet intrigant présent. Elle enserra dans sa paume les précieuses semences. Puis elle ferma les yeux pour capter et s'imprégner de leur essence. Une grande joie germa et l'envahit tout entière. Avec fébrilité, elle planta les graines dans la serre. Elle suivit méticuleusement leur croissance. Elles se développaient à un rythme étonnant. Les petites pousses s'étirèrent en tiges élancées qui se ramifièrent en un délicat feuillage.

Chaque jour, elle leur parlait affectueusement, se demandant à quoi ressembleraient ces fleurs mystérieuses. Jamais Carlo n'avait vu sa grand-mère prodiguer des soins à ses plantes avec autant de passion. Elle semblait envoûtée.

Avec l'arrivée du printemps, les premiers boutons

émergèrent. L'un d'eux s'entrouvrit à peine pour suggérer sans tout à fait révéler sa secrète beauté. Peu à peu se déplièrent des pétales soyeux et diaphanes, d'un rose dont seul un coucher de soleil pouvait se vanter d'approcher. À mesure que la corolle se déployait, d'autres nuances s'ajoutaient et s'irisaient sous la lumière. Ces fleurs palpitaient comme sous le souffle d'une brise imperceptible. Elles respiraient une vie singulière. Lorsque Rosalie les contemplait, une grande paix l'habitait. Toute la serre baignait dans une atmosphère sereine.

La vieille dame n'avait jamais vu de telles fleurs, pas même dans les livres. Elle consulta le directeur de l'école d'horticulture qui ne put les identifier. Elles n'étaient répertoriées dans aucun des ouvrages spécialisés sur les plantes exotiques. Aussi les appela-t-on tout simplement « les fleurs de Rosalie ».

On venait de partout pour acheter ces fleurs uniques. Le commerce prospérait allégrement. Rosalie n'aurait pu suffire seule à la tâche. Heureusement, son petit-fils l'assistait.

Un jour où il rentrait après avoir effectué une livraison, il fut surpris par le silence insolite qui régnait dans la boutique. Carlo appela sans obtenir de réponse. Il traversa la pièce d'un pas inquiet. Au fond, derrière le comptoir, Rosalie gisait sur le sol, la tempe ensanglantée. De l'eau s'écoulait des seaux de fleurs renversés par les vandales dans leur précipitation à s'enfuir. Le tiroir-caisse béant et vide expliquait la scène de façon éloquente.

S'agissait-il d'un hasard, de voyous, de « mauvaise graine » ? Ou bien avait-on délibérément tenté de l'intimider pour la forcer à vendre ? Voilà plusieurs semaines que les promoteurs d'un nouveau supermarché la harcelaient pour acquérir le vaste terrain sur lequel s'incrustait sa petite boutique de fleuriste. Peut-être n'avaient-ils pas prévu ni même souhaité une issue aussi fatale. La gorge serrée, Carlo préféra ne pas songer à cette éventualité tellement révoltante.

L'ambulance emporta Rosalie à l'hôpital. Il demeura près d'elle toute la nuit sans qu'elle reprenne connaissance. Au petit matin, il vit ses lèvres remuer. Il se pencha vers sa bouche et l'entendit à peine murmurer : « Les fleurs... il ne faut pas qu'elles meurent... » Et elle s'éteignit. Désemparé, Carlo prit dans ses bras le corps gracile pareil à une grande fleur dont la tige s'était rompue. Il pleura en silence, douloureusement.

Le reste de la famille la veilla au salon funéraire. Ses deux fils, le garagiste et l'avocat, recevaient les condoléances avec un air attristé bien approprié à la circonstance. Ils spéculaient déjà sur leur héritage. Rosalie n'avait pas de testament. « Je suis bien trop jeune pour ça ! Je vais vous enterrer tous ! » répliquait-elle avec désinvolture à ses fils lorsqu'ils la pressaient à ce sujet.

Entre deux prières, des connaissances et amis compatissants leur suggéraient des endroits où les vieux parfois camouflaient leur magot : dans les embouts ou les montants du lit, dans les tringles à rideaux... On n'avait pas idée de leur ingéniosité à dénicher les cachettes les plus invraisemblables. Puis leurs âmes de bons Samaritains se recueillaient afin de psalmodier des litanies pour le repos de Rosalie.

Carlo quitta cette place où il étouffait. Il alla se réfugier dans la serre. Consterné, il vit la terre ravagée à plusieurs emplacements et de nombreuses plantes déracinées ou brisées. Sans doute avait-on espéré y découvrir quelque trésor enfoui. Las et désolé, il choisit une fleur, la plus belle, pour la déposer entre les mains de Rosalie. Avec ferveur, il souhaita qu'elle puisse la cultiver là où elle s'en allait.

Carlo retourna au salon funéraire où les derniers visiteurs s'apprêtaient à quitter les lieux. Il s'approcha à pas feutrés de Rosalie. Il s'agenouilla sur le prie-Dieu pour la contempler une dernière fois. Immobile et silencieuse à jamais, elle semblait si calme et sereine. Il ne put s'empêcher d'évoquer l'image d'une Belle au bois dormant reposant sur une couche de satin blanc.

Il caressa son visage encore lisse, comme sculpté dans l'ivoire. Seules quelques rides aux commissures des lèvres et des yeux donnaient l'impression qu'elle souriait en rêvant. Ses cheveux argentés, relevés en un chignon torsadé, lui conféraient une grâce tranquille.

Nul ne saurait deviner une septuagénaire sous ces traits sans âge. Rosalie, curieusement, ne vieillissait plus depuis qu'elle avait recueilli Carlo. Dans toute la détresse de ses six ans, il venait alors de perdre ses parents dans un accident d'avion. Sans hésitation, elle avait ouvert les portes de sa maison et de son cœur à l'unique enfant de sa fille. Déjà quinze années s'étaient écoulées depuis ce tragique événement ! Le temps en compagnie de Rosalie filait si vite, trop vite !

Il n'oublierait jamais son regard que lui voilaient maintenant ses paupières closes. Lorsqu'ils se posaient sur vous, ses yeux d'un bleu si limpide et lumineux vous donnaient le sentiment d'être la personne la plus importante au monde, celle qu'elle préférait. Mais surtout, ce regard-là ne jugeait pas. Il savait comprendre les autres dans leur différence.

Rosalie débordait d'une énergie inépuisable, comme seuls en possèdent ceux qui aiment ce qu'ils font de toute leur âme. D'un simple effleurement, elle replaçait une fleur ou une fougère et le bouquet prenait une tout autre allure, dégageant une harmonie parfaite.

Lorsque Carlo rentrait de l'école, il talonnait sa grand-mère avec ses sempiternelles questions d'enfant : « Pourquoi tu fais ça ? Comment s'appelle cette fleur ? » Rosalie connaissait les grands noms latins des plantes. Ces dénominations savantes impressionnaient prodigieusement le petit fleuriste en herbe. Il s'appliquait à les apprendre, mais il lui arrivait parfois d'intervertir ou d'escamoter quelques syllabes... Elle ne se lassait pas de lui répondre, heureuse de l'intérêt qu'il manifestait pour un domaine qui la passionnait. Sa curiosité naïve et ses questions inattendues la stimulaient.

Carlo l'imitait, il voulait « l'aider » dans son travail. Elle ne se fâchait pas de ses bévues ou de ses maladresses. Quelle merveilleuse école ! Elle lui avait appris l'importance d'enlever les mauvaises herbes pour favoriser une meilleure floraison. Ainsi menait-elle sa vie : elle en avait extirpé toute trace de mesquinerie ou d'égoïsme afin que fleurissent la bonté, la générosité. Elle ne se laissait pas facilement désarçonner par la moindre déconvenue. Rosalie coulait avec la vie, simplement.

Elle avait acquis beaucoup de sagesse en observant et en cultivant les fleurs. Elle en tirait bien des leçons que Carlo avait assimilées au fil des ans. Les petites phrases de Rosalie qui avaient ponctué son enfance affluaient à sa mémoire. Tant de souvenirs se bousculaient. Une scène s'imposa tout à coup avec force. Les amarres qui le retenaient à la réalité présente se rompirent. Il se laissa happer par le cours du passé.

Dès qu'il était arrivé chez sa grand-mère, celle-ci avait nettoyé une pièce située à l'étage et lui servant de débarras. Elle y avait aménagé avec des moyens de fortune une chambre pour son petit-fils rescapé. Lorsqu'il regardait par la lucarne près de son lit, il s'imaginait au sommet de la tour d'un château. Rosalie partageait sa fantaisie avec une innocence juvénile. Le manche à balai devenait une lance, la tôle à biscuits un bouclier. Un bol de plastique renversé sur sa tête en guise de casque d'armure, il partait à l'assaut ! Ah ! les tournois qu'ils avaient livrés tous les deux ! Et quelles batailles d'oreillers mémorables ! Rosalie, si seule depuis son veuvage, se sentait revivre avec un tel compagnon.

Le soir, Carlo se pelotonnait dans un coin du lit et sa complice s'allongeait près de lui. Alors débutait le rituel du coucher.

— Grand-mère, raconte-moi l'histoire de ta petite fleur...

— Encore ? s'étonnait-elle.

— Encore ! insistait-il, tout câlin. Après, je m'endors tout de suite, c'est promis !

— Bon ! Eh bien ! le jour de ma naissance, ma mère cueillit une rose dans notre jardin. Elle m'appelait sa « petite rose ». De là me vient le nom de Rosalie. Elle fit sécher la fleur pour me l'offrir un peu plus tard, quand je suis devenue une petite fille. Elle voulait que je me souvienne d'une histoire qu'elle avait créée pour moi.

Rosalie prenait alors dans sa main le médaillon suspendu à son cou. Elle l'ouvrait toujours avec une lenteur calculée, prolongeant à dessein le mystère. Le moment où la fleur apparaissait, précieusement enchâssée dans le boîtier doré, revêtait à chaque fois un charme magique. Scellée par une couche de verre, elle traversait le temps, intacte, aussi vieille que Rosalie elle-même.

— Ma mère me racontait que chaque être qui naît porte en lui une semence unique. Grandir consiste à laisser ce germe s'épanouir dans toute sa beauté et sa plénitude, en une fleur à nulle autre pareille.

— Peut-être que j'ai en moi une fleur de musicien, d'acrobate, de médecin ou d'aviateur..., énumérait-il les yeux tout ronds d'excitation, ébloui devant tant de possibilités.

— Et bien plus encore, l'assurait Rosalie, amusée par son enthousiasme.

— Mais comment découvrir quelle fleur se cache en dedans ?

— En accomplissant chaque tâche du mieux que tu le peux et en aimant ce que tu fais. Aussi, il faut savoir rêver, et croire à ses rêves. Nous avons tous besoin de rêve comme les plantes de lumière. Puis on travaille avec détermination et confiance jusqu'à ce que le rêve devienne réalité. Mais sans lumière, la plante s'étiole, se dessèche et meurt sans fleurir...

– Il faut aussi l'arroser, cette plante...

– ... avec beaucoup d'amour, achevait-elle, et son regard enveloppait Carlo avec tant de douceur que chacune de ses cellules riait et dansait, portée par cette vague de tendresse qui déferlait.

Pendant un instant, son corps abandonné flottait béatement entre deux eaux, attentif à quelque subtile modification.

– Grand-mère, je crois bien que ma petite semence s'est transformée en bourgeon.

– Cher trésor, murmurait-elle en berçant cette boule affectueuse qui se blottissait tout contre elle.

– Je t'aime gros comme le ciel, lui soufflait-il à l'oreille en la serrant avec toute la fougue de ses bras d'enfant.

– Maintenant, il faut dormir...

– Je peux avoir un verre d'eau, s'il te plaît...

Rosalie feignait de se laisser prendre à cette ruse pour étirer le temps passé en sa compagnie. Une fois ce dernier caprice satisfait, elle le bordait et l'embrassait.

– Bonne nuit, mon ange. Fais de beaux rêves !

– Quand je serai grand, je vais me marier avec toi, grand-maman !

Et il s'endormait sur cette déclaration d'amour indéfectible. Il la protégerait toujours. Après tout, n'était-il pas l'homme de la maison ? À ce souvenir, Carlo esquissa un sourire. Il lui semblait bien loin le petit chevalier servant qui idéalisait sa grand-mère. Aujourd'hui, c'était un jeune homme qui se penchait sur cette gente dame plongée dans un sommeil sans fin. Il glissa galamment entre ses doigts la fleur qu'il avait cueillie expressément pour elle dans la serre.

— Bonne nuit, Rosalie ! Fais de beaux rêves !

Comme il aurait aimé sentir son étreinte chaleureuse. « Grand-mère, tu me manques déjà tellement ! » s'écria-t-il en silence, mais avec tant d'intensité que toutes les fibres de son être vibrèrent en un insupportable élancement. Il ferma ses yeux qui commençaient à s'embuer. Il entendit alors la voix si douce et si vivante de Rosalie résonner au plus profond de lui : « Cultive ta fleur intérieure. »

Ces mots l'apaisèrent tel un baume sur son cœur meurtri. Il s'éloigna de Rosalie en sachant qu'il ne la reverrait plus jamais. Il emporta ces dernières paroles comme son véritable et plus précieux héritage.

Cette nuit-là, Carlo rêva. Sa grand-mère se promenait dans un champ immense piqué de milliers de fleurs merveilleuses. Souriante, elle tenait d'une main son chapeau de paille blonde ceint d'un ruban qui flottait au vent. À chacun de ses pas ondulaient les volants de sa robe, d'un rose indéfinissable, tels des pétales de soie translucide. Par une étrange alchimie, on eût dit que la fleur s'était transmuée en Rosalie ou Rosalie en fleur. Elle balançait d'un mouvement ample son arrosoir qui déversait un arc-en-ciel de gouttelettes cristallines. Elle tournoyait, virevoltait en une ronde infinie.

Carlo tenta vainement de retenir cette dernière vision : son visage entouré de lumière dans un médaillon qui s'éloignait de plus en plus pour disparaître dans le noir. Il s'éveilla, la poitrine inondée d'une chaleur apaisante. Il savait avec certitude que Rosalie ne le quitterait jamais vraiment. Qu'elle veillerait toujours sur lui.

Mais la froide réalité le tira rapidement de ce moment de répit réconfortant. Les contingences de la vie quotidienne le happèrent de nouveau. Les affaires n'attendent pas ! L'avocat se chargea de négocier à prix d'or la vente du terrain. Il en tira une somme rondelette qu'il partagea entre les héritiers. Carlo reçut sa part du bout des doigts. Une nausée le submergeait comme s'il s'agissait de la rançon d'une trahison. Qu'allait-il faire de cet argent ?

Et vint le jour inéluctable où les travaux débutèrent. Des ouvriers abattirent les arbres et les remplacèrent par d'imposantes structures d'acier et de béton. Le sol soigneusement aplani et recouvert d'asphalte se transforma en un superbe stationnement.

Cependant, retranchée dans son coin, l'irréductible petite boutique ne pouvait se résoudre à disparaître complètement. En son emplacement fleurit une construction aux allures modernes avec une imposante verrière. Elle se greffait comme une excroissance au géant envahissant. On eût dit que l'âme de l'ancien commerce aspirait à poursuivre son chemin en s'incarnant dans une seconde vie.

Le nouveau propriétaire de ce centre de fleurs et de jardins annexé au supermarché admirait avec fierté la devanture fraîchement peinte. Elle arborait une élégante enseigne où se détachait, en belles lettres calligraphiées, l'inscription :

❧ *Les fleurs de Rosalie* ☙

Il y avait investi tout son héritage. Comme sa grand-mère, Carlo serait, lui aussi, un grand fleuriste devant l'Éternel.

Le ballon du hasard

V^{lan} !

Un ballon rouge le heurta en pleine figure et le sortit brusquement de sa somnolence. Devant lui, un petit bonhomme à l'air espiègle tendait les bras, espérant manifestement qu'il lui renverrait son jouet. Aussitôt le précieux objet récupéré, il le lança de nouveau ! « Mais il veut jouer avec moi, ma parole ! » constata Antoine, stupéfait. Il tentait d'attraper ce ballon insaisissable, mais ses bras engourdis s'empêtraient dans les manches trop grandes de sa veste débraillée. Du haut de ses trois ans, la mignonne frimousse s'esclaffait devant la surprise et la maladresse de ce vieux monsieur obstinément rivé sur le banc du parc.

Ah ! la candeur de ce rire d'enfant qui résonnait dans la brise… Et ce pétillement dans le regard… Ils frappèrent à la porte de son cœur qui s'ouvrit sur un passé si lointain. Alors, l'espace d'un instant, Antoine vit et entendit son propre fils se confondre en une ressemblance hallucinante avec le bambin inconnu. Il sentait sur son visage le souffle du vent, doux comme une caresse de femme. Sa femme, son Amélie… Dans l'air flottait une odeur de lilas, les fleurs préférées de sa bien-aimée disparue.

– Tommy, viens-t'en tout de suite ! cria une dame élégante et d'un âge respectable.

Elle jeta un regard courroucé à Antoine tout en agrippant son petit-fils par le poignet. Elle s'éloigna à pas rapides comme s'il s'agissait d'un pestiféré pervers. Un sans-abri ! Un sans-allure qui poussait l'audace à s'immiscer parmi les honnêtes gens ! Elle se détourna de lui comme d'une vieille crotte de chien séchée abandonnée sur le bord de l'allée.

Antoine frémit d'humiliation. Il fixait d'un œil triste le farfadet aux boucles blondes qui suivait avec peine la cadence des longues enjambées de sa grand-mère. Avant de disparaître au bout du sentier, Tommy réussit à se retourner et esquissa un geste de la main. Voulait-il le saluer ? Antoine n'osait le croire…

Je l'observais en retrait. J'ai toujours adoré suivre les gens à leur insu, me laisser surprendre par la façon dont ils réagiront devant les circonstances les plus fortuites qui se présenteront à eux. Quel chemin prendra leur destin ? Quelle histoire

s'écrira ? On me disait curieux. Le plus curieux des hasards.

Il quitta son banc. Ses épaules ployaient sous le poids du mépris et du découragement. Il se dirigea vers un refuge pour itinérants. Dans le dortoir s'alignaient des lits sur lesquels de pauvres hères reposaient dans un état larvaire. Ils vivaient en marge du monde, enfermés dans un cocon d'indifférence tissé au fil du temps. Ils ne voyaient plus les cheveux graisseux plaqués sur leur crâne, ni les yeux cernés et vitreux qui dévoraient leur visage, ni les habits élimés dont ils se couvraient. Leur haleine dégageait des vapeurs d'alcool les maintenant dans une léthargie qui les protégeait de la souffrance.

Chancelant sous l'effet du choc, Antoine s'appuya au chambranle de la porte, la nausée au bord des lèvres. Si la vue de ce spectacle le saisissait et le désolait à ce point, c'est qu'il lui renvoyait le reflet de sa propre image. Comment avait-il pu descendre aussi bas ? se demandait-il, consterné.

Quand les choses tournaient mal, on me confondait souvent avec la malchance, la désillusion, le mauvais sort. Mais je n'étais jamais là sans raison. Jamais qu'un pur hasard.

Bien sûr, le décès de son Amélie lui avait asséné un dur coup. Quelques verres de boisson l'avaient aidé à supporter la solitude et sa douleur. Puis la faillite de son commerce, une modeste quincaillerie dont il n'arrivait plus à s'occuper, avait déclenché l'escalade. Il fallait maintenant quelques bouteilles pour tenir jusqu'au lendemain.

Antoine s'était retrouvé à la rue sans le sou et en dépression, avec des « amis » qui ne le reconnaissaient plus et changeaient de trottoir pour éviter de le rencontrer. Mendier et voler importaient peu pour se procurer l'inestimable liquide. Il instillait l'oubli goutte à goutte, et un beau jour, Antoine avait perdu la conscience de ce qu'il devenait et de l'endroit où il croupissait.

Plus rien ne l'atteignait alors. Plus rien… jusqu'à ce qu'un ballon rouge vienne ébranler l'armure qu'il avait soigneusement érigée autour de lui. Une brèche s'était ouverte. Sa sensibilité endormie s'éveillait et ravivait d'anciennes blessures, mais elle l'amenait à renouer contact avec la vie, avec lui-même.

Antoine se dirigea vers les douches communes. Il se frotta la peau presque à se l'arracher, comme s'il voulait se défaire de cette couche de mépris qui l'enveloppait. Dorénavant, il refusait de se considérer comme un vulgaire rebut tout juste bon pour les poubelles. Il valait mieux que cela ! Une parcelle d'humanité et de bonté subsistait encore en lui. Le petit garçon du parc le prouvait irréfutablement. Les enfants sentent ces choses-là.

Il s'allongea sur un lit et tenta de s'endormir au son des ronflements de ses compagnons de misère. Sa poitrine tremblante contenait avec peine l'océan de tristesse qui le submergeait tel un barrage se fissurant sous la poussée houleuse de vagues nostalgiques. Une comète rouge traversa le ciel de son rêve et se fracassa en milliers de ballons contre le barrage qui s'écroula. Cette pluie de ballons se déversa sur la terre qui devint un vaste champ de coquelicots. Antoine s'y promenait en tenant son jeune fils par la main.

Le corps secoué de sanglots, il plaqua son visage contre l'oreiller afin d'étouffer le bruit de ses pleurs. Un petit ange avec son ballon l'avait rejoint au fond de son gouffre. La lumière de son regard et la pureté de son rire l'avaient guidé pour émerger de sa torpeur.

Au matin, il se leva dans un état de fragilité extrême, mais le cœur plus léger. Il avala un bol de gruau bien chaud qui le réconforta. Antoine se tenait à un tournant de sa vie : il retrouverait sa dignité d'homme. Rien ni personne ne l'en empêcherait.

À sa demande, le centre lui remit de nouveaux vêtements, usagés mais propres. Il entreprit alors de parcourir les rues à la recherche d'un emploi. Après maintes démarches infructueuses, il aperçut une maison affichant l'enseigne *Chambres à louer*. Contre la vitre de la porte, on avait placardé un carton sur lequel s'inscrivait, d'une écriture malhabile, l'annonce : « Homme à tout faire demandé ».

La propriétaire ne pouvait se passer plus longtemps d'une aide pour voir à l'entretien général de la bâtisse. Son défunt mari s'occupait de ces tâches auparavant, mais maintenant elle devait engager quelqu'un pour prendre la relève. Antoine se sentait tout à fait apte à accomplir ce travail. L'affaire se conclut rapidement, à la grande satisfaction de chacun. Il n'arrivait pas à le croire ! Quelle veine ! La tête lui tournait.

Je possédais l'art des retournements inattendus. Après s'être perdu dans mes aléas, on me prenait aussi pour la chance, la fortune, le talent, le flair, le bon moment au bon endroit. Chacune de ces facettes essayait de tirer les ficelles du récit, de se donner le beau rôle de l'histoire. Mais je finissais toujours par avoir le dernier mot. Je n'étais pas qu'un simple hasard.

Sa patronne le conduisit à la chambre qui lui était dévolue. Quoiqu'exiguë et garnie de meubles dépareillés, elle le combla d'aise. Il s'étendit sur le lit recouvert d'une courtepointe qui lui rappela celles que confectionnait son Amélie. Un rayon de soleil filtrait par la lucarne habillée d'un rideau de coton fleuri. Il éclairait le fauteuil d'un vert passé près duquel trônait une lampe torchère aux dorures ternies.

Antoine contempla, songeur, le tableau suspendu au-dessus de la commode. Il s'agissait de la reproduction d'une gravure où brillait un phare sur une île au milieu de la mer. Cette image lui sembla un bon présage. Après des années de dérive, il sentait que le courant de la vie l'avait enfin mené vers le havre auquel son âme aspirait. Il entendit le son assourdi d'un carillon ; une horloge grand-père sonnait les cinq coups annonçant le souper.

Il descendit à la salle à manger où d'autres pensionnaires attendaient le repas, assis autour d'une grande table. L'atmosphère familiale qui régnait rassura Antoine. On le saluait, on lui souriait. Dans la soirée, il se joignit même à un groupe pour jouer aux cartes. Cependant, il se retira tôt dans ses quartiers. Il se devait d'être en forme pour commencer sa première journée d'ouvrage, de bonne heure le lendemain.

Il rangea dans la penderie la totalité de ses effets personnels, c'est-à-dire ce qu'il portait sur son dos. Les pentures grinçaient. « Faudrait huiler ça », marmonna-t-il, prenant déjà à cœur ses fonctions. Il dormit comme un loir, bercé par la musique d'un vieux calorifère à eau qui ronronnait.

Et la vie s'écoulait, paisible, sans remous. Antoine n'avait pas ingurgité une seule goutte d'alcool depuis son arrivée dans cette demeure. Les relations cordiales qu'il entretenait avec les autres pensionnaires guérissaient en douceur les blessures du passé. Une timide joie de vivre s'installait peu à peu en lui.

Depuis quelque temps toutefois, il caressait un rêve qui manquait à son bonheur. Il reportait sans cesse l'exécution de son projet à plus tard : il ne s'estimait jamais tout à fait prêt, il s'inquiétait de l'accueil qui serait réservé à sa demande, de la tournure que pourraient prendre les événements… Mais, tant pis ! Aujourd'hui, il en aurait le cœur net !

D'un pas déterminé, Antoine se rendit au salon. Il consulta l'annuaire du téléphone, ses yeux plissés suivant son doigt qui glissait lentement sur les noms défilant en colonnes. Tiens, le voilà ! Il prit le combiné et composa le numéro en tremblant légèrement. Il raccrocha d'un mouvement sec et nerveux.

Parfois, dans les moments de doute, on se tenait sans le savoir à une croisée des chemins. Malgré l'issue

incertaine, il fallait oser me faire confiance. Il fallait oser se hasarder.

« Vieux fou ! Fais un homme de toi ! » se sermonna-t-il. Il composa de nouveau. Chaque fibre de son être se tendit pour écouter la sonnerie résonner. Il en oubliait de respirer. Un… deux… trois coups… Il souhaitait et redoutait tout à la fois une réponse.

– Allô ! retentit une voix joviale.

– Euh… Tho… Thomas ?

– Lui-même !

– Euh… Bonjour… C'est ton père qui parle…

– …

Antoine débita d'un trait les phrases qu'il avait ressassées des centaines de fois au cours des derniers jours.

– Je me demandais si tu avais un peu de temps libre pour qu'on se rencontre… On pourrait jaser… J'aimerais ça avoir de tes nouvelles. Mais si ça t'convient pas, si t'es trop occupé, c'est pas grave, on se reprendra une autre fois, je comprends ça…

– En v'là toute une surprise ! Si je m'attendais ! Comment ça va, vous ?

– Ça va bien. Y a eu des bouts difficiles, mais maintenant, ça roule dans le bon sens.

– Je suis bien content pour vous. Vous avez raison, on a beaucoup de temps à rattraper. On pourrait se rejoindre pour dîner au *McDonald's*. Ce dimanche, ça vous irait ?

– Parfait ! Bon… eh ben… à dimanche ! Salut, mon gars !

– Salut P'pa ! À bientôt !

Antoine demeura plusieurs secondes avec le combiné dans sa main, complètement abasourdi. Rêvait-il ? Tout s'était déroulé si facilement.

D'autres fois, quand les éléments se mettaient en place comme par enchantement, je devenais un signe. On me suivait avec espoir. J'entraînais sur des chemins menant à des destinations imprévisibles. Je savais être le plus charmant des hasards.

Il reprit son travail avec un entrain contagieux qui enchanta toute la maisonnée. Il essayait d'imaginer quel homme était devenu ce fils adolescent qu'il n'avait pas revu depuis une dizaine d'années. Encore quarante-deux heures à attendre ! Comme le temps lui semblait long !

Dimanche arriva enfin. La journée s'annonçait splendide. Même le soleil ne dédaignait pas de lui « dorer la couenne », se réjouissait Antoine en déambulant sur le trottoir. À une intersection, une dame vendait des coquelicots entassés dans un panier suspendu à son cou. Avec fierté, il sortit de sa poche la monnaie pour acheter une fleur du jour du Souvenir. Il l'épingla avec soin à sa boutonnière. On aurait dit un minuscule ballon de velours rouge posé sur son cœur. Il se sentit tout élégant et repartit d'un pas guilleret.

Lorsqu'il pénétra dans le restaurant, une joie fébrile mêlée d'appréhension l'habitait. Il jeta un regard à la ronde. Personne ne le dévisageait, nul ne s'offusquait de sa présence en ce lieu. Antoine poussa un soupir de soulagement.

Il reconnut sans peine son Thomas, malgré les années écoulées. Il se dirigea vers sa table, les jambes flageolantes et la gorge serrée. Il souhaitait tellement produire une bonne impression, et surtout, que cette relation se poursuive. Ils échangèrent une poignée de main chaleureuse.

— Vous n'avez presque pas changé ; seulement vos tempes un peu plus grisonnantes.

— Et toi, juste un peu plus costaud… À quoi t'occupes-tu ? s'enquit Antoine en souriant.

Il désirait tout savoir de lui.

— Je travaille comme mécanicien dans un garage.

— Ah ! ça ne m'étonne pas ! Déjà tout jeune, tu possédais un véritable don pour rafistoler tout ce qui te tombait sous la main.

— Une vraie passion ! Heureusement, je réussis à en vivre assez confortablement. Il le faut, j'ai des obligations, laissa échapper Thomas, l'air préoccupé.

Antoine se contenta de le regarder sans mot dire. Il hésitait à s'aventurer trop loin lors de leur premier contact. Il ne voulait pas forcer des confidences prématurées.

— J'ai vécu quelques années avec une femme, poursuivit Thomas. Elle provenait d'un milieu plutôt bourgeois. L'écart entre le niveau de vie auquel elle était habituée et ce que je pouvais lui offrir causait de nombreuses frictions. Finalement, elle a décidé de réintégrer le domaine de sa famille avec notre fils. Je le vois un dimanche sur deux. Aimeriez-vous le rencontrer ?

— Ben ! Tu parles si j'aimerais ça !

Thomas se leva et partit en direction d'un énorme cube de verre insonorisé où s'amusait une ribambelle d'enfants. Il cogna contre la vitre et fit signe à l'un des lutins de le rejoindre. Celui-ci se faufila dans un tunnel et rampa jusqu'à la bouche de sortie pour aboutir dans les bras de son père. Après un détour par le comptoir des commandes, Thomas déposa le plateau de victuailles sur leur table et présenta son pétulant rejeton.

– Tommy, voici ton pépère Antoine dont nous avons souvent regardé la photo dans l'album.

– On jurerait ton portrait quand tu avais le même âge, remarqua Antoine, la voix étreinte par l'émotion.

Il venait de reconnaître le petit ange du parc. Il serra entre ses gros doigts la main toute menue que son petit-fils lui tendait avec un sourire complice. Un secret les unissait. Un lien indéfectible.

Malgré tout, je respectais la loi de la compensation. Je me présentais enfin sous la forme d'un grand bonheur. Je faisais bien les choses en dépit de mes caprices et de ma conduite aux allures erratiques. Je me transformais souvent en un tour de main. Quand tous les fils de l'histoire se croisaient pour tisser un moment de joie dans la plus pure harmonie, on avait peine à y croire. On oubliait même ma présence. Je me sublimais alors en le plus heureux des hasards.

Les trois lurons trinquèrent entre hommes, joyeusement. Tommy buvait à grandes lampées son jus de raisins ; il en raffolait. Il se retrouva affublé d'une moustache violette dont il se délectait en se pourléchant. Ce qu'il était rigolo !

Cette journée serait marquée d'une pierre blanche… ou d'un coquelicot… Antoine n'avait rien à envier aux autres clients. Lui aussi partageait son repas avec sa famille. Oui, oui ! « Sa » famille ! Il posa un regard attendri sur Tommy qui s'empiffrait de frites en riant. Même les anges ont des petites fringales, figurez-vous donc !

Le hasard n'existait plus.
La fin rejoignait le commencement.
J'étais pure synchronicité.

Guillaume le Conquérant

Il entendit à peine qu'une voix le convoquait, tellement les oreilles lui bourdonnaient. Chancelant, il se leva de son siège et suivit une jeune femme qui le guida le long d'interminables corridors. Le plancher tanguait, des nœuds lui nouaient l'estomac et ses mains moites tremblaient légèrement.

Sur les murs se succédaient les portraits de magnats de la finance dont les regards narquois semblaient se délecter de sa nervosité. L'inconnue ouvrit une porte capitonnée et s'effaça.

Il respira profondément, fit le plein de confiance en soi et, d'un pas qu'il jugea décontracté, fonça à la conquête de son premier emploi.

– Bonjour ! Guillaume Gagné, pour vous servir ! lança-t-il en échangeant une poignée de main si énergique que son interlocuteur en demeura bouche bée.

Le bureau spacieux et moderne l'impressionna. De grandes baies vitrées donnaient sur le ciel. Il éprouva la sensation grisante de se tenir au sommet du monde. Une magnifique horloge aux chiffres romains dorés lui rappela une réalité cruciale : tout se joue dans les trente premières secondes d'une entrevue. Il bomba le torse, redressa les épaules et afficha un sourire qui se voulait des plus avenants. L'aiguille des secondes, véritable épée de Damoclès, poursuivait sa chute inéluctable…

Le directeur l'invita d'un geste à s'asseoir. Plus que vingt secondes… Sérieux, distingué, vêtu d'un complet gris classique, il représentait pour Guillaume la parfaite incarnation de l'homme d'affaires idéal. *Un modèle dont je pourrai m'inspirer avantageusement dans l'avenir,* songea l'aspirant inexpérimenté. Le visage impénétrable examinait maintenant son dossier. Les pages défilaient bien rapidement. Trop rapidement. Plus que douze secondes…

Guillaume pianotait nerveusement des doigts sur sa cuisse. Il balançait vigoureusement sa jambe croisée et le bruissement de son pantalon emplissait toute la pièce. Le tic-tac de chaque seconde résonnait comme un gong dans ses oreilles. Le directeur lui adressa la parole. Il voyait ses lèvres bouger mais n'entendait rien. Plus que cinq secondes…

Il faut que je parle, que je me mette en valeur :

– Je… J'ai terminé parmi les premiers de ma

promotion. Je représenterais… une va… valeur sûre pour votre entrepr… pe… re… rise…, balbutia-t-il d'une voix de fausset qu'il ne reconnaissait pas.

L'homme écrivit quelques mots et referma le dossier d'un geste définitif. Son cas était réglé. Guillaume le savait avec certitude. Après que le directeur l'eut assuré qu'on le rappellerait si on avait besoin de ses services, il prit congé sans insister davantage. Il quitta les sphères célestes de la haute finance et se retrouva confiné dans un ascenseur qui le ramenait à toute vitesse au rez-de-chaussée.

Que s'était-il donc passé ? Guillaume ne comprenait pas. Pourtant, il s'était soigneusement visualisé occupant déjà l'emploi convoité. Il se voyait sûr de lui, entouré de subalternes venant le consulter et admirant son expertise. Il s'était répété des centaines de fois les phrases positives susceptibles de l'aider à se préparer pour l'entrevue : « Je suis calme et détendu… J'ai confiance en moi… Je réussis tout ce que j'entreprends… »

Il s'était même concentré pour programmer un espace de stationnement disponible à proximité de cette prestigieuse compagnie. Eh bien ! croyez-le ou non, à son arrivée, une superbe place libre l'attendait juste devant la porte d'entrée ! Ce signe, premier jalon posé sur la route vers le succès, lui avait semblé de bon augure.

Hélas ! la puissance de son subconscient éprouvait des difficultés techniques hors de son contrôle, et ce, pour une période indéterminée. Lorsqu'il arriva à son auto, il remarqua un papier sous l'essuie-glace. Oh ! non ! Une contravention ! Dans son énervement, il n'avait pas vu qu'il s'agissait d'un espace réservé pour les personnes handicapées. Décidément, le ciel l'abandonnait !

Il s'effondra sur un banc en bordure du trottoir. Sa poitrine se dégonflait, ses épaules s'affaissaient. Il dodelinait tristement de la tête, incapable de retenir le masque du visage confiant et souriant qui s'effritait. Son assurance fondait comme gélatine au soleil.

Une dame rondelette vint s'asseoir près de lui. Elle se tenait la hanche et laissa une de ses jambes allongées.

– Mon nerf asiatique me cause bien des problèmes, lui confia-t-elle en soupirant.

Malgré son découragement, Guillaume ne put s'empêcher de sourire à ces mots.

– Un de mes oncles souffrait aussi de la sciatique. Il paraît que c'est extrêmement pénible, ajouta-t-il, compatissant.

– Je ne vous le fais pas dire ! Mais… vous avez l'air tout à l'envers. Qu'est-ce qui ne va pas, mon petit jeune homme ? s'enquit-elle avec sollicitude devant sa mine déconfite.

– Je viens de rater la chance de ma vie ! Une carrière d'une telle envergure, ça ne se représentera pas de sitôt. Pourtant, je ne demande pas mieux que de travailler, jour et nuit s'il le faut. Mes parents adoptifs se sont imposé de si grands sacrifices pour me permettre d'étudier. Il faut que je réussisse. Il doit bien y avoir une place pour moi quelque part sur la terre… Ces mains-là peuvent sûrement accomplir une tâche utile, tentait-il de se convaincre en les regardant.

– Bien sûr ! Justement, nous avons besoin de

bénévoles pour mettre la main à la pâte ! Venez avec moi, ça vous remontera le moral quand vous verrez bien plus misérables que vous !

Elle se leva et lui agrippa le bras avec autorité. Elle l'entraîna à sa suite en s'appuyant sur lui pour marcher. Guillaume se laissa mener comme un chiot en laisse, complètement dépassé par les événements.

Après quelques minutes à clopiner de concert, ils arrivèrent au refuge qu'elle dirigeait. On y servait des repas pour les démunis. Le local, un peu rustique mais assez vaste, contenait plusieurs tables. Cette salle évoquait l'atmosphère d'un réfectoire. Dans une pièce attenante, de dimensions plus modestes, une dizaine de lits s'alignaient pour offrir, le temps d'une nuit, le gîte à des sans-abri. De la cuisine émanait un fumet appétissant couvrant l'odeur d'humidité qui imprégnait tout l'immeuble.

Madame Labonté, tel était le nom de la bienfaitrice qui l'avait embrigadé si inopinément, le conduisit à la table de service. Guillaume enleva le veston de son complet neuf et sa cravate. Il retroussa ses manches et elle lui ceignit la taille d'un grand tablier. Le voilà enfin prêt !

Avec un regard satisfait, elle déposa une louche dans la main de sa nouvelle recrue. Guillaume remplissait les assiettes d'une généreuse portion de ragoût de légumes puis les tendait aux affamés qui attendaient en file et recevaient leur ration avec un sourire reconnaissant.

Madame Labonté passait entre les rangées en distribuant du pain et de bonnes paroles aux personnes attablées. Elle estimait aussi important de les rassasier d'espoir que de nourriture. Elle prenait des nouvelles des habitués, saluait les nouveaux venus pour les mettre à l'aise. De temps à autre, elle lançait un clin d'œil complice à Guillaume afin de l'encourager.

Celui-ci se tirait fort bien d'affaire pour un apprenti. Il flottait dans les vapeurs qui se dégageaient des gros chaudrons et il transpirait abondamment. Mais surtout, Guillaume éprouvait un sentiment inusité : la joie d'aider les autres, de se sentir utile. Il ne ressentait plus ce point qui oppressait constamment sa poitrine. Ses épaules se délestaient d'un poids qu'il portait depuis des années : la crainte de ne pas être à la hauteur. Il n'avait pas à modeler un sourire sur son visage ; il souriait de l'intérieur, simplement, spontanément. Pour la première fois de sa vie, il se sentait lui-même et cela suffisait.

Une fois le service terminé, il passa un torchon sur les nappes de vinyle. La place était prête pour le prochain repas. Madame Labonté vint s'asseoir avec lui pour le remercier.

— Alors ? Ça va, Guillaume ? Vous semblez en meilleure forme que lorsque nous nous sommes rencontrés…

— En effet. Et si vous voulez, je reviendrai vous donner un coup de main en attendant de trouver du travail.

— Vous serez toujours le bienvenu ici. Vous ne manquez pas de cœur à l'ouvrage. Gardez confiance. Tout vient à point, comme dit le proverbe… Au fait, quel genre d'emploi cherchez-vous au juste ?

— J'ai complété ma formation en administration. Je ne vois pas le temps passer quand je vérifie des colonnes de chiffres.

– Vraiment ! Quand j'ai fondé ce refuge, une stagiaire est venue m'assister. Elle a continué par la suite à travailler jusqu'à tout récemment. Elle a décroché un poste à temps plein. Mais j'aurais bien besoin d'un remplaçant pour s'occuper de la comptabilité, effectuer les achats, compléter les papiers pour les subventions, établir des contacts avec différents organismes. Moi, toute cette paperasserie, ça me décourage ! Il s'agit de deux jours de travail par semaine et le salaire n'est pas faramineux, mais notre budget ne me permet pas de vous offrir davantage. Ça vous tente ?

– Et comment ! s'empressa-t-il d'acquiescer, ravi. Cette occupation me donnera l'occasion d'acquérir une expérience fort profitable pour le futur.

– Eh bien, venez lundi ! Je vous mettrai au courant de tout. Prenez la fin de semaine pour vous reposer.

– Merci infiniment pour votre confiance. Vous ne pouvez pas imaginer ce que vous m'avez apporté en m'emmenant ici.

– J'y trouve mon compte aussi, alors nous sommes quittes, le rassura-t-elle en lui tapotant la main comme une véritable mère poule. À bientôt, Guillaume !

⁂

Lundi matin, neuf heures pile, Guillaume posait la première pierre à l'édifice de sa carrière. Madame Labonté avait déposé sur le rebord de la fenêtre de son bureau, en guise de cadeau de bienvenue, un petit cactus dont la tête s'ornait d'une fleur fraîchement éclose.

Avant de pénétrer dans ses quartiers, le nouvel employé s'attarda quelques instants devant la porte. Il contempla avec une fierté naïve la plaque qui annonçait, tel un étendard, le titre si vaillamment conquis : « Guillaume Gagné, administrateur ».

La passion des uns est le boulet des autres.
Trouve ce qui te donne des ailes.

Un oiseau du paradis

De ses mains délicates, Janie ouvrit une imposante boîte de carton révélant des fleurs aux formes inusitées et aux couleurs chatoyantes. Dans l'arrière-boutique, elle s'affairait à préparer ces fragiles créatures soigneusement entassées. Il lui fallait nettoyer les tiges et les tailler en biseau pour les déposer dans un bac rempli d'eau. Elle leur donnait une seconde vie.

Grâce à ses soins, elles allaient s'ouvrir, déployer leurs nuances les plus subtiles, dégager leurs parfums uniques. Elles deviendraient des messagères porteuses de joie, de réconfort.

Janie en avait pour des heures à s'occuper de toutes ces assoiffées enfermées dans des piles de boîtes. Elle tentait, du mieux qu'elle le pouvait, de trouver un intérêt dans ce travail répétitif et monotone que la fleuriste lui laissait pour se consacrer à la confection des bouquets.

La jeune employée voulait croire que le sort lui réservait davantage que ces tâches routinières comme la tenue de la comptabilité, l'époussetage et la préparation des fleurs. De tout son être, elle aspirait à quelque chose de plus grand, bien qu'encore indéfinissable. Comme elle aimerait pouvoir lire ce que l'avenir lui réservait. Elle se plaisait à imaginer le jardinier du destin la sortir de sa boîte et lui donner cette seconde vie, lui permettre de s'ouvrir comme une fleur très rare et belle.

Janie soupira, mais ne pouvait s'empêcher d'espérer qu'au moment le plus inattendu se produirait un événement, une rencontre qui changerait le cours de son existence et lui donnerait tout son sens. À cet instant, le carillon de la porte d'entrée de la boutique résonna, annonçant l'arrivée d'un client qui la tira de sa rêverie.

Un homme d'âge mûr, à la prestance imposante, parcourait du regard les différentes variétés de fleurs de l'étalage. Il les examinait avec un intérêt et une acuité qu'elle avait rarement observés. Il prenait parfois un certain recul, plissait les yeux comme pour mieux les voir. Soudain, il s'empara d'une fleur qu'il brandit comme s'il venait de découvrir la perle rare qu'il recherchait.

— Mais quelle est donc cette fleur à la forme si étrange ? Et cette teinte d'orangé… et ce violet... Absolument superbes !

— Il s'agit d'un oiseau du paradis, précisa Janie.

Il la fixa, médusé :

– Quel nom étonnant ! Voyez-vous, il s'agit de fleurs pour ma sœur qui adorait les oiseaux. Cela conviendrait parfaitement. Je ne veux pas d'un arrangement qui ait l'air funéraire. Agencez ces fleurs pour composer un bouquet qui évoque une volée d'oiseaux.

Janie percevait derrière sa tristesse un véritable contentement d'avoir déniché un arrangement qui aurait séduit la défunte ornithologue.

Sa journée de travail terminée, la jeune fille quitta la boutique pour se promener dans le parc botanique situé à proximité. Déambulant dans les sentiers garnis de plantes, elle se sentait en terrain familier. Elle songeait à sa situation. Elle venait de compléter son cours en techniques administratives. Bien sûr, elle avait de la chance d'avoir obtenu cet emploi chez une amie de sa mère. Ce n'était qu'un travail à temps partiel combinant des tâches manuelles d'entretien à l'exercice plus intellectuel de la comptabilité du commerce, mais cela représentait une première expérience de travail parfois si difficile à obtenir.

Elle serait bien ingrate de se plaindre, mais ne pouvait imaginer passer toute sa vie ainsi. D'autant plus que ces études lui avaient été pratiquement imposées par sa mère qui souhaitait pour sa fille un emploi où elle aurait de bons débouchés professionnels et un avenir convenable. Elle se sentait prise au piège.

La canicule des derniers jours devenait insoutenable. La promeneuse respirait avec peine. Elle se dirigea vers le lac auquel se greffait le parc, espérant y trouver un peu de fraîcheur. Soudain, le ciel sombre creva et la pluie tombait si dru qu'elle courut se réfugier contre la petite maison de la fée des eaux, à l'ombre d'un grand chêne.

Elle aperçut une silhouette qui fonçait dans sa direction, ayant manifestement eu la même idée. Elle reconnut le dernier client servi. Il lui sourit de ses yeux d'un bleu intense et elle se sentit en confiance. Il sortit, caché sous sa chemise, un appareil photo et expliqua :

– J'espérais arriver à saisir un oiseau rare qui ne séjourne ici que quelques semaines et dont ma sœur m'avait parlé. Elle aurait tellement aimé le voir. Si, au moins, j'avais réussi à lui rapporter la photo, cela aurait illuminé sa journée à l'hôpital. Elle m'avait montré un spécimen dans son livre d'ornithologie, mais elle m'a quitté avant que je le capture. N'empêche, j'arriverai bien à le débusquer et je compte en faire une peinture. Une sorte de dernier hommage que j'aimerais lui rendre…

Elle acquiesça, touchée par cette attention qu'il lui témoignait. Elle comprenait maintenant mieux son attitude.

– Voilà pourquoi vous regardiez les fleurs d'une façon si particulière, avec l'œil d'un peintre.

– Les yeux ouverts, on ne voit rien d'autre que les apparences. On demeure à la surface des choses. Plissez les yeux et observez le paysage. Voyez comme les détails s'estompent. Il ne reste que les grandes lignes, les masses principales, des taches sombres, d'autres plus pâles, et tout cela se fond dans un tout continu.

Elle se prêta de bonne grâce à l'exercice. L'étendue calme du petit lac, les plantes aquatiques ondulantes, les oiseaux qui dessinaient des points mobiles, les arbres qui les enserraient, les massifs de fleurs qui jetaient leurs touches de couleurs et ce pan de ciel sombre qui surplombait le paysage : derrière ses paupières mi-closes, elle découvrait tout sous un jour nouveau à travers le rideau de pluie diaphane.

– Maintenant, regardez-moi. Et puis, fermez les yeux.

Elle s'imprégna de son visage, observa les reflets des cheveux grisonnants, le front dégagé, mais surtout le regard profond et serein la fascina. Elle sentit la joie et la passion qui l'animait en parlant de son art. Elle plissa à nouveau les yeux.

– Non, non. Fermez les yeux complètement.

Elle ressentit l'atmosphère dans laquelle elle baignait, la magie de ce lieu et la présence chaleureuse et généreuse de cet être. Un sourire intérieur s'esquissa en elle, monta jusqu'à ses lèvres et irradia son visage apaisé dont il appréciait la finesse des traits. Il sut qu'elle n'avait pas seulement compris, mais expérimenté ce qu'il tentait de lui transmettre.

– Ce que vous avez ressenti, c'est cela qu'il faut capter pour l'exprimer sur la toile. Lorsque l'on ferme les yeux « extérieurs », notre œil intérieur s'ouvre et perçoit l'essentiel. C'est l'émotion que provoque la peinture chez celui qui la contemple.

Elle buvait ses paroles, littéralement subjuguée. Comme elle enviait cet enthousiasme qui le nourrissait. Elle se sentait fragile, toute remuée, pressentant que plus rien ne serait comme avant.

– Je perçois une grande sensibilité et beaucoup de réceptivité en vous. La peinture vous intéresse-t-elle ?

– Pas depuis plusieurs années. Mais à l'école, dans les cours d'arts plastiques, j'avais beaucoup d'aptitudes et cela me plaisait vraiment.

– Alors, pourquoi ne pas vous y remettre ? Vous verrez, la peinture vous apprendra énormément sur vous-même. Elle est aussi votre miroir. Elle reflète fidèlement vos couleurs intérieures, votre évolution, votre trans-formation. Qui sait jusqu'où vous mènera ce chemin si vous osez l'emprunter ? Voilà une accalmie. Ces orages soudains ne durent jamais longtemps. Je dois vous quitter. Il me reste encore des affaires à régler à la suite du décès de ma sœur. J'étais venu me reposer en me promenant au parc tout en essayant de dénicher mon oiseau rare. Ma sœur m'a assuré que je le trouverais avant de repartir. Elle avait des dons de clairvoyance et lisait dans les cartes. Et combien de fois l'ai-je entendue me répéter que les cartes ne mentent jamais ! Il me reste seulement quelques jours pour vérifier sa prédiction, ajouta-t-il en riant. Ça m'a fait plaisir de parler avec vous, mademoiselle. Le plus important, c'est de trouver ce que vous aimez vraiment, de développer le talent naturel que vous possédez. Le reste finit toujours par s'arranger. Suivez votre intuition. Bonne chance !

Il la salua d'un geste de la main.

– Bonne chance à vous pour capturer votre oiseau rare en photo ! répliqua-t-elle.

Et son rire résonna une dernière fois alors que sa silhouette s'éloignait. Il résonna longtemps en elle comme un écho lointain qu'elle ne voulait pas laisser s'éteindre.

Janie marchait sur un nuage malgré ses cheveux et ses vêtements trempés qui se plaquaient lourdement sur son corps. Mais comme cette eau de pluie la rafraîchissait ! Et cette brise légère la comblait d'aise. Elle respirait avec délice. Elle redevint songeuse toutefois, car les propos de l'inconnu la ramenaient à son passé.

Elle avait appris par bribes de sa grand-mère que son père avait laissé sa mère alors qu'elle était enceinte. Ce bohème sans le sou et irresponsable avait préféré disparaître quand il avait appris la nouvelle. Une véritable bénédiction qu'on ne l'ait jamais revu, car il n'aurait pas pu leur assurer un avenir convenable, lui avait affirmé sa grand-mère qui ne semblait guère le tenir en haute estime.

Janie n'osait jamais aborder ce sujet tabou avec sa mère, mais elle comprenait pourquoi elle avait été éduquée très sévèrement et avec beaucoup de discipline. C'était une façon d'éliminer toute influence du caractère de son père. De plus, son talent pour le dessin à l'école n'avait jamais été encouragé. Hors de question de poursuivre des études en arts ! Il importait de se doter d'une formation qui lui procurerait un emploi stable.

Tous les efforts et l'acharnement que sa mère avait déployés pour extirper la moindre trace de ce qui pouvait subsister de son père basculaient grâce aux paroles d'un pur étranger. Janie alla s'acheter le matériel de base pour exécuter quelques toiles.

Ce soir-là, dans sa chambre, elle déposa sur le canevas les premières touches de couleur. Elle créait un univers dans lequel elle pénétrait avec une fébrilité qu'elle n'avait pas connue depuis des années. Une brèche s'ouvrait en elle. La joie guidait le tracé du pinceau. Janie découvrait avec ravissement les formes qui s'ébauchaient et donnaient naissance à des fleurs étranges, envoûtantes.

Le bruit sec de la porte d'entrée que l'on refermait brisa l'enchantement. Sa mère rentrait. La jeune fille rangea tout, rapidement, sous son lit et sortit la rejoindre.

— Ta journée s'est bien passée à la boutique ? s'enquit-elle en déposant les sacs d'épicerie sur le comptoir de la cuisine.

— Superbe ! lança Janie avec un enthousiasme qui surprit son interlocutrice.

— Gisèle m'a dit qu'elle était vraiment satisfaite de toi. Tu es très minutieuse et tu ne perds pas ton temps. Ça ne te dérange pas trop de faire un peu d'entretien en plus de la comptabilité ? Après tout, il faut bien commencer au pied de l'échelle. Et ça te donne un petit salaire. Ce n'est pas si mal, non ?

— En effet, je suis bien contente que tu m'aies suggéré de proposer mes services à ton amie. Et ça me permet de rencontrer des gens intéressants...

— En tout cas, c'est mieux que de passer ses journées à ne rien faire comme bien des jeunes de ton âge ! As-tu regardé s'il y a un bon film à la télé en fin de soirée ?

— Non. Je préfère aller me coucher maintenant. Je travaille demain matin et la chaleur m'a fatiguée.

— Tu as bien raison. Bonne nuit, Janie.

— Bonne nuit, maman.

Elle se glissa sous le drap et tomba presque immédiatement dans un sommeil très profond. Elle baignait dans une onde qui semblait émaner de la toile au-dessus de laquelle elle était étendue. Des faisceaux de lumière tournoyaient dans son ciel intérieur. Des fleurs immenses se superposaient, venaient vers elle. Des fleurs imaginaires et merveilleuses s'ouvraient, se déployaient, se dilataient. Des pétales translucides ondulaient. Et des traînées de couleurs somptueuses s'étalaient, déferlaient en cascades luminescentes. Tout doucement, Janie pénétra dans ce paysage. Elle survolait la végétation de cette peinture onirique, tel un grand oiseau fabuleux.

Elle avait encore l'impression de planer quand elle s'éveilla au petit matin. Une vague de chaleur bienfaisante inondait sa poitrine. Janie se leva, mue par une énergie qu'elle n'avait jamais sentie circuler en elle. Tout en déjeunant, elle feuilletait le journal local que l'on venait de livrer à la porte.

Quelle ne fut pas sa surprise en découvrant l'invitation qu'on lançait à tous les peintres amateurs ou professionnels de la région à venir peindre un coin du parc botanique, ce dimanche ! Il fallait s'inscrire et réserver l'emplacement de son choix. Elle s'occuperait de cette formalité en se rendant à son travail. L'enthousiasme la gagnait déjà.

Lorsqu'elle arriva à la boutique, Gisèle l'accueillit avec un sourire radieux, comme si elle lui réservait une bonne nouvelle.

– J'attends une livraison de plusieurs boîtes de fleurs en fin de journée. Il faudrait que tu rentres demain pour les arranger, lui annonça la fleuriste, convaincue que le revenu de ces heures supplémentaires la réjouirait. Je ne veux pas les laisser dans la chambre froide jusqu'à lundi et j'ai trop de commandes à préparer pour m'en occuper moi-même.

Complètement désemparée, Janie sentit son cœur se serrer et les larmes embuer ses yeux. Sa patronne ne lui avait jamais demandé de travailler un dimanche. Pourquoi justement celui-là ?

— C'est que je me suis inscrite à une activité... J'y tiens vraiment beaucoup...

Janie bougeait nerveusement les mains, visiblement contrariée. Gisèle la fixait, l'air perplexe, ses sourcils s'arquant comme des points d'interrogation. Que pouvait avoir planifié cette jeune fille si tranquille et réservée, toujours disponible ? Janie préférait ne pas révéler les détails à la meilleure amie de sa mère. Tout à coup, une idée lui traversa l'esprit.

— Je pourrais travailler ce soir. Tout sera prêt pour dimanche, proposa-t-elle pleine d'espoir.

— Évidemment, en soirée, quand le magasin est fermé, sans aucun client qui te retarde, ça avancerait plus vite. Mais tu ne vas pas me faire passer pour un bourreau qui fait travailler ses employés d'une noirceur à l'autre ? plaisanta-t-elle.

— Bien sûr que non ! Je vous promets que toutes les fleurs seront déballées et arrangées à temps, lui assura Janie avec détermination.

Et tout fut prêt à temps. Jamais elle n'avait exécuté cette tâche avec autant d'ardeur. D'un pas léger, le visage rayonnant d'excitation, Janie se dirigeait vers le site qu'elle avait choisi, son matériel sous le bras. Elle s'installa devant la petite maison de la fée des eaux, vérifia l'angle le plus intéressant pour saisir le meilleur effet de la lumière.

Janie désirait, à sa façon, rendre hommage à ce mystérieux inconnu en captant la magie de ces instants privilégiés qu'ils avaient partagés en ce lieu. Elle se recueillit intensément et tenta de cerner cette sensation ineffable. Elle plissa les yeux et se laissa envahir par ce que voulait lui communiquer l'endroit. Les massifs de fleurs formaient des taches de couleurs qui se chevauchaient pour constituer un véritable écrin au creux duquel se nichait la petite maison qui la fascinait tant lorsqu'elle était fillette.

Elle ferma complètement les paupières et ressentit l'émerveillement de l'enfant qui scrutait par les fenêtres les décors peints sur les murs intérieurs de la maisonnette. Elle croyait vraiment aux pouvoirs de cette fée dont la présence semblait la réconforter chaque fois qu'elle franchissait les limites de son domaine. L'émotion éprouvée en compagnie du peintre se raviva et se mêla à celle de son enfance.

Janie entrouvrit les yeux et les fleurs de son rêve s'amalgamaient à celles du parc pour en révéler leur essence profonde. La jeune artiste tenait ce qu'elle voulait capter sur sa toile. Elle peignit dans un état second, inspirée par la magie du lieu qu'elle transposait. Elle se laissait guider par le flot qui la portait et perdit toute notion du temps.

– Excellent travail, commenta une voix familière. La fluidité des lignes et le mouvement dans l'enchaînement des couleurs laissent deviner l'émergence de votre véritable nature. On pressent l'expression d'un style personnel. Surtout, votre tableau dégage une atmosphère. Vous êtes incontestablement douée. Je suis content de voir que vous avez suivi mon conseil.

Janie se sentit rougir devant ces observations encourageantes venant d'un expert. Elle débordait de fierté.

– Mais il manque la touche finale... votre signature... ajouta-t-il en riant.

Elle s'appliqua pour calligraphier son nom : Janie Rivest. Elle se retourna vers lui, satisfaite d'avoir apposé son « sceau » pour la première fois, comme une marque tangible de sa reconquête d'elle-même. Cependant, elle remarqua, intriguée, que son spectateur semblait surpris.

– Connaissez-vous Solange Rivest ? demanda-t-il d'une voix plutôt éteinte.

– Bien sûr ! Il s'agit de ma mère.

Elle le vit pâlir, stupéfait. Après lui avoir demandé sa date de naissance, il la regardait comme s'il contemplait une revenante.

– J'ai connu votre mère autrefois. Nous étions très amoureux. Lorsqu'elle s'est retrouvée enceinte, votre grand-mère était furieuse. Elle ne m'a jamais apprécié. Elle souhaitait quelqu'un avec une situation plus stable pour sa fille. Elle m'a affirmé que Solange avait fait une fausse couche, qu'elle ne voulait plus me voir, que tout s'arrangeait pour le mieux, car elle était trop jeune pour avoir un enfant et je n'étais pas en mesure de prendre en charge une famille. J'ai tenté de renouer contact avec elle, je lui ai écrit quelques lettres, lui ai laissé des messages téléphoniques, mais elle ne m'a jamais répondu. Votre grand-mère les aura sans doute interceptés en croyant protéger sa fille, supposa-t-il pour atténuer la révolte qu'il sentait poindre chez Janie et qu'il partageait lui-même. Voilà pourquoi je me suis résolu à partir pour de bon sans jamais revenir. Mais je ne vous aurais jamais abandonnée si j'avais su ; il faut me croire.

Janie ne pouvait douter de sa sincérité. Une telle bonté émanait de cet homme. À la tristesse de toutes ces années perdues succédait la joie de se retrouver enfin.

– Lors de ma dernière visite à l'hôpital, quand je lui ai dit que j'essaierais de photographier son oiseau rare pour qu'elle puisse le voir, ma sœur m'a repris en disant avec un sourire entendu : « Tu le trouveras, *ton* oiseau rare, avant de repartir ; il se tient près des plus belles fleurs... » Et ses paupières se sont refermées sur un regard d'une douceur infinie, comme si elle voyait dans l'avenir un événement qui la comblait de bonheur. Je crois que du paradis, elle m'a guidé vers mon oiseau rare... mon oiseau du paradis... acheva-t-il en murmurant avec tendresse.

Sa voix s'étreignit sous l'émotion qui le submergeait. Le silence les rapprocha, révéla un lien secret qui les reliait depuis toujours. Le bleu si intense et magnifique de ses yeux qu'elle aimait tant, ce bleu coula, couleur pure dans son propre regard. Et ce bleu lumineux remplit ce vide indéfinissable qui l'habitait depuis les tréfonds de sa mémoire. Elle sut qu'il existait sur terre un être qui serait toujours là pour elle et qui l'aimait inconditionnellement. Il prit sa main et l'enserra entre ses paumes chaudes et rassurantes.

– Il y a près d'une vingtaine d'années que je ne suis pas revenu ici. Je pensais revenir vers mes racines et je découvre un arbre en pleine floraison. Finalement, ma sœur avait raison : les cartes...

– ... ne mentent jamais ! acheva-t-elle en même temps que lui.

Et leurs rires se fondaient aux couleurs de l'espace.

*Découvrir l'autre et
se découvrir par l'autre.*

Traqueuse d'âmes

Assise à la table d'une terrasse, la célèbre Sophie Beauregard soupire d'aise en profitant de la fraîche caresse du vent sur son visage. Elle vient de débarquer dans une nouvelle ville. Ce moment dans l'anonymat lui procure un bref répit. En attendant qu'on lui apporte le repas commandé, elle sort de son sac un roman dont elle doit rencontrer l'auteur. La couverture du livre la fascine et l'émeut étrangement.

Dans la rue, un homme à la silhouette élancée déambule. La lectrice attire son attention. Il s'arrête, l'observe d'une façon inusitée. Elle sent le regard intéressé qu'il porte à son endroit. Elle se retranche, l'ignore. Devant cette attitude, l'inconnu semble surpris et déçu, mais poursuit sa route sans insister.

Aucun port d'attache, aucun lien personnel significatif ne retient cette solitaire. Elle se sauve, effleure à peine les êtres qu'elle rencontre.

Une fois de retour dans sa chambre d'hôtel, elle met la dernière main à l'article qu'elle doit envoyer par courriel au magazine artistique qui la dépêche un peu partout au gré des événements de l'actualité culturelle. Elle se fait un point d'honneur de respecter les échéances et surtout, de ne jamais profiter de privilèges parce qu'elle est la fille du propriétaire.

La voilà de nouveau seule dans cette chambre qui ressemble à tant d'autres, seule comme lorsqu'elle était enfant et que son père parcourait le monde. Elle suit ses traces, en quête de son approbation comme la petite fille qui lui remettait son carnet de notes. Un sentiment la tenaille toujours : celui de devoir se dépasser, d'être à la hauteur, d'être la meilleure.

Il faut maintenant se reposer pour avoir l'esprit vif, mener les entrevues avec brio, faire surgir cette phrase que personne d'autre n'a réussi à obtenir, révéler l'âme de l'artiste aux lecteurs et parfois à lui-même, dans un instant de profondeur.

Dans la soirée, en pénétrant dans le foyer du théâtre où se déroule le festival du cinéma qu'elle couvre, elle prend le pouls de la foule. Un sentiment d'ivresse la porte. Une joie inconnue jusqu'alors l'enveloppe ; elle la ressent dans chaque fibre de son être. Son regard se tourne irrésistiblement dans une direction et croise celui de l'étranger de l'après-midi.

Elle feint de ne pas l'avoir remarqué, scrute

l'assistance tout autour, et la joie qui l'enrobait tombe subitement comme une chape glissant sur le sol. C'est la joie qu'il ressentait à la voir qu'elle a éprouvée, qu'il lui a communiquée par une étrange alchimie intérieure. Le vide qui a envahi le mystérieux inconnu à la suite de sa réaction d'évitement l'habite maintenant à son tour.

Elle ne s'explique pas cette attitude. C'est son métier d'aller vers les gens, de les découvrir. C'est même sa passion. Elle a besoin de ces moments privilégiés où une étonnante complicité la relie à un autre être. La plénitude de ces instants s'avère peut-être d'autant plus grande qu'elle la sait éphémère. Ces personnages ne font que passer dans sa vie, telles des comètes fulgurantes.

Une fois revenue dans sa chambre, la chroniqueuse chevronnée tape sur son ordinateur les notes griffonnées dans son carnet. Elle jette en vrac ses impressions encore fraîches. Elle rédigera son article demain matin, à tête reposée.

Sophie enfile sa robe de nuit, se glisse sous les draps. Elle baigne dans une douce tranquillité, une sensation bienfaisante comme elle n'en a pas éprouvé depuis longtemps. Une joie inexplicable l'habite, l'enrobe, lui rappelle cette émotion ressentie dans la soirée. Elle se laisse porter, bercer par cette impression. Elle coule avec elle, navigue dans les eaux du rêve. Une chaleur gonfle sa poitrine, se répand dans tout son corps. Un rayon de lumière balaie son univers intérieur. Soudain, comme par un interstice, une silhouette se détache au loin. L'espace d'un instant, le visage de l'inconnu lui apparaît, lui sourit et se volatilise comme si sa propre peur l'avait fait disparaître. Son regard d'un vert intense et pénétrant l'a touchée profondément, lui a semblé si réel.

Elle s'éveille avec le sentiment de flotter entre deux eaux, entre deux mondes. Jamais un rêve ne lui a fait éprouver une sensation avec autant d'acuité. Pas même dans la vraie vie, un regard ne l'a autant bouleversée.

La rêveuse s'arrache avec peine à cette vision pour se replonger dans la routine quotidienne. Elle termine son article sur le cinéma. Il lui faut aussi achever la lecture de ce bouquin pour ce soir, préparer ses questions. Sur la page couverture figure un tableau de l'auteur. Le lancement de son roman se fait à une galerie d'art où se tient le vernissage de l'exposition de ses toiles inspirées du livre. Un hybride de l'écriture et de la peinture : sûrement un spécimen intrigant à découvrir.

En se rendant à la galerie, elle se demande si son mystérieux inconnu, en plus d'être cinéphile, s'intéresse aussi à la littérature et à l'art. Il ne faut pas l'éviter cette fois. Elle examine la foule déjà sur place. Il n'y est pas. Elle soupire de soulagement. Elle n'aura pas à se demander quoi faire, quoi dire. Le destin a réglé la situation. En même temps, elle est un peu désappointée, comme si elle était peut-être passée à côté d'une rencontre déterminante.

Autour d'une table où s'amoncellent les livres à dédicacer, quelques admirateurs s'agglutinent. Ils partent avec le sourire aux lèvres, leur exemplaire à la main. Assis à la table, l'auteur signe. Quel choc ! Elle s'attendait si peu à le trouver, lui, dans ce rôle. Son estomac se serre nerveusement, ses mains deviennent moites. Une envie de pleurer lui étreint la gorge, comme devant une trop grande joie dont l'ampleur effarouche, une joie qu'on ne saurait mériter.

Son regard quitte le livre qu'il vient de dédicacer pour se poser sur elle avec un sourire rassurant, qui l'apprivoise, l'appelle, lui donne envie de s'approcher comme un aimant. Sophie frissonne. Sa boussole intérieure sent qu'elle s'oriente vers le nord ; elle a trouvé son étoile polaire.

— Lorsque je vous ai vue sur cette terrasse avec mon livre, vous baigniez dans une si belle lumière. Je savais que l'on se reverrait, assure-t-il de sa voix grave et chaude.

Elle profite d'une période d'accalmie pour se présenter, lui poser quelques questions. Heureusement qu'elle les a ébauchées dans son carnet, car son esprit s'est vidé complètement. Elle a perdu ses repères habituels. Elle s'accroche à ces phrases noircies sur le papier comme à autant de petites bornes la menant vers lui.

— Vous accordez une importance particulière aux liens très étroits qui unissent vos personnages. Cela l'emporte même sur les événements, constitue la trame de l'histoire, n'est-ce pas ?

— En effet, l'intensité et la qualité de la relation m'intéressent avant tout. Les situations ne sont que des accessoires, des supports pour permettre de nouer des liens. Les circonstances dans lesquelles nous nous rencontrons importent peu. C'est l'impression ressentie lors du contact qui laisse son empreinte, établit une connexion intérieure que rien ne peut briser, pas même la distance.

— Pourquoi un style aussi dépouillé ?

— Trop de détails noient l'essentiel. On se heurte alors aux apparences. Le lecteur ou celui qui contemple un tableau doit pouvoir se promener dans l'œuvre, s'y retrouver lui-même. Il faut en dire le moins possible pour que cela parle le plus possible.

Un groupe d'admirateurs s'approche de la table, requérant son attention. Il s'excuse en souriant. Elle le remercie de ces quelques commentaires qu'il lui a livrés. Elle en profite pour découvrir ses toiles. Quelle étrange sensation s'en dégage ! Des formes à peine suggérées communiquent une impression si puissante.

La démarche de ces artistes qui arrivent à saisir l'âme de leur sujet la fascine, que ce soit dans une peinture, un livre ou un film. Elle se nourrit de cette étincelle, de ces instants de grâce où on touche l'essentiel.

Elle interroge ces êtres pour capter à son tour leur âme dans un moment de vulnérabilité où une brèche s'ouvre pour permettre de sentir ce frémissement. Elle maîtrise l'art de les repousser dans leurs derniers retranchements par ses questions. Mais voilà que ce sont plutôt les réponses du peintre-écrivain qui la ramènent vers le centre d'elle-même, vers une partie d'elle dont elle s'est exilée il y a si longtemps.

Perdue dans ses pensées, elle quitte la salle et le laisse à ses obligations. Elle emporte des images et des paroles qui résonnent en elle, qui l'amènent sur des sentiers intérieurs inexplorés. Elle fond tout doucement dans le sommeil. Cette même joie l'enveloppe, la soulève, la fait se sentir si légère. Un sourire flotte sur ses lèvres qui perçoivent d'autres lèvres les effleurant avec une ineffable douceur. Elle est entraînée dans un tourbillon d'émotions enivrantes.

Et puis, un vieux réflexe la fait se raidir, sa bouche se scelle, incrédule. A-t-il lui aussi ressenti ce contact ? Ou n'était-ce que le fruit de son imagination, un simple fantasme ? Pourtant, la sensation semblait si réelle...

Qui arrivera à pénétrer dans son univers pour libérer son âme ? Elle, la traqueuse d'âmes n'osant jamais s'ouvrir, s'abandonner, se laisser découvrir, est prisonnière derrière un mur qu'elle a érigé depuis si longtemps qu'elle n'a plus souvenir des premières pierres qui l'ont élevé.

Elle relit ses notes, réécrit les paroles de cet auteur qui la touchent à nouveau de plus en plus profondément, comme le ressac d'une vague. Plus que les mots eux-mêmes, sa voix, son intonation l'envoûte. Sa présence remplit toute la pièce, l'habite inexplicablement. Elle le sent près d'elle tout le jour.

De sa table de travail, elle distingue dans le miroir de la commode la courbe dorée de sa longue chevelure. Une silhouette plus sombre se penche sur elle, lui rappelle la scène de l'un des tableaux, celui se retrouvant sur la couverture du livre. Il l'a particulièrement captivée par son traitement flou et l'atmosphère d'intimité si palpable se dégageant du couple évoqué.

La sonnerie du téléphone efface le mirage. La rédactrice en chef du magazine lui a réservé un billet d'avion très tôt pour le lendemain. Elle a réussi à obtenir un rendez-vous pour une entrevue exclusive. La chroniqueuse a l'habitude de ces revirements de dernière minute. Elle prépare ses bagages et se couche de bonne heure, espérant profiter d'une bonne nuit de sommeil.

Tout son corps flotte béatement. Mue par un irrésistible instinct, elle se tourne sur le côté et se blottit contre le corps imaginaire de cet homme qui la hante. Elle s'y fusionne complètement, sent tout son être se dilater, vibrer au même rythme que cette présence. Des bras l'enserrent, l'emportent. Deux âmes s'envolent, suspendues dans le temps.

Sophie se retire, rompt le charme, incapable de prendre le risque de s'abandonner entièrement plus longtemps à un autre être. Elle sent sa présence s'affaiblir tel un écho et perçoit à peine ses paroles : « La meilleure connexion, c'est l'amour. » Ce message qu'il lui lance, comme pour confirmer l'authenticité de cette expérience, la laisse songeuse et perplexe. Tente-t-il vraiment de la rejoindre, de se lier à elle ?

Mais la journaliste doit se hâter de quitter l'hôtel pour se rendre à sa prochaine destination. À l'aéroport, elle l'entrevoit : il s'apprête à prendre un autre vol. Le sentiment irrémédiable de passer à côté de quelque chose d'important, d'unique, de gâcher une chance comme la vie ne nous en donne que peu l'accable. L'homme de ses rêves se tourne vers elle. Il la regarde avec ses yeux qui semblent voir au-delà des apparences. Il la salue de la main. Elle l'entend jeter ces derniers mots : « On se reverra ». Qui sait où ? Et quand ?

Quelques heures plus tard, elle s'installe dans une nouvelle chambre d'hôtel, pareille à tant d'autres, aussi impersonnelle. L'éternelle voyageuse a l'impression de revivre sans cesse le même scénario, de se retrouver à répétition dans le même mauvais rêve.

À nouveau, elle se glisse sous les draps. Seule. Ah ! se laisser emporter par le sommeil, oublier. Sa vie suspend alors son cours pendant cet intermède, ce moment de répit. Sophie sombre dans un état de semi-veille qui engourdit un malaise, une peine diffuse. Elle finit par s'abandonner au rêve qui la happe et l'amène dans une autre dimension de l'existence.

Elle se retrouve assise à la terrasse. Elle le voit qui marche vers elle. Ses lèvres bougent, mais elle n'entend rien, comme si une partie d'elle refusait de laisser le message parvenir jusqu'à sa conscience.

Il fixe alors le livre qu'elle tient entre ses mains. Elle ramène son attention sur cet objet qui l'attire irrésistiblement. Guidée par une intuition soudaine, elle l'ouvre au hasard. Tout semble brouillé. Puis des lettres lumineuses se dessinent sur les pages : *La vie est un songe. Le rêve est une seconde vie.*

Et si c'était vrai ? Et si sa vie n'était qu'un mauvais rêve dont elle pouvait s'éveiller ? Sa poitrine se gonfle, lui fait mal, comme un mur qui résiste pour ne pas s'effondrer sous la forte vibration. Son regard croise le sien à nouveau. Il l'appelle, il l'apprivoise, il l'attire. Il s'infiltre à l'intérieur d'elle.

Tout vibre dans l'espace et résonne dans son corps, traverse des couches de détresse et de peur, se fraie un chemin à travers les strates du passé, ouvre une brèche jusqu'au cœur de son être. L'ultime barrière tombe. Elle est touchée. Elle chancelle dans le vertige de cet instant de vulnérabilité.

Elle se livre telle qu'elle est, se voit dans ses yeux qui l'accueillent dans sa vérité profonde. Une onde d'amour la submerge. Aucune parole n'est prononcée. Tout est compris, ressenti. Quelque chose de très doux palpite dans sa poitrine. Cela s'ouvre comme les pétales d'une fleur sous le soleil, tout simplement, tout naturellement, car c'est le bon moment.

Sophie se lève, avance vers lui, va à lui. Leurs mains s'enlacent, se fondent parfaitement l'une dans l'autre. Une chaleur vibrante l'anime à ce contact. Elle a quitté son mauvais rêve. Elle choisit la joie. Elle ne traque plus des instants d'éternité, des parcelles d'âmes. Elle a trouvé la source à l'intérieur d'elle.

Ils marchent ensemble, au cœur même de la vie.

Le rêve qui sommeille en toi
aspire à se réaliser.

Le facteur de rêves

Phil entrevit à peine une main qui s'esquivait furtivement pour laisser retomber le rideau. Il savait que la mystérieuse recluse l'avait vu s'engager vers sa maison. Une fois de plus, elle se dérobait à son regard, elle refusait obstinément d'entrer en contact avec lui.

Il contempla le nom qui figurait sur l'enveloppe : Madame Éléonore Grandbois. Il scruta longuement les caractères d'imprimerie, avide d'en extraire quelque précieux secret qui ne se dévoilerait qu'à un être prédestiné.

Il modula doucement son prénom comme s'il s'agissait d'une incantation : Éléonore... Éléonore... Ce sésame ne réussit à ouvrir aucune porte. Ni celle de sa demeure ni celle de son cœur. Le facteur se résolut donc à déposer le courrier dans sa boîte aux lettres. Il s'éloigna à pas lents, espérant qu'elle le suivrait du regard et qu'il emporterait à son insu une parcelle de sa présence.

Phil ne pouvait s'empêcher de se croire un peu fou. Quelle lubie, cette fascination pour un nom vu la première fois sur une facture d'électricité ! Décidément, franchir le cap de la soixantaine s'avérait plus périlleux qu'il ne l'avait imaginé !

Pourtant, depuis quelques mois déjà, il avait bien intégré ce nouveau secteur à son itinéraire de facteur. Il aimait parcourir cet étroit chemin bordé de maisonnettes vétustes. Il connaissait presque tout le monde maintenant et s'était même lié d'amitié avec certains résidents.

Seule Éléonore demeurait inaccessible. Pourquoi se cachait-elle ainsi dans sa tanière ? Était-elle laide à faire peur ? Bossue ? Atteinte de quelque tare inavouable ? Non. Rien de tout cela, il le pressentait. Ce geste esquissé par la fenêtre se révélait si gracieux, si éthéré, si... insaisissable.

Le nom résonnait dans sa tête, noble et mélodieux : Éléonore... É-lé-o-no-re... L'aspirant amoureux sentait son cœur prêt à s'envoler en un battement d'ailes. « Phil, tu dérailles, se sermonna-t-il. Retombe sur terre. »

Il poursuivit son trajet d'un pas plus vif. Madame Gingras le salua amicalement. Elle se prélassait sur la galerie, ses moelleuses rondeurs confortablement calées dans sa berceuse. Elle l'attendait toujours avec plaisir et profitait du passage éclair de Phil pour épancher son trop-plein de commérages. De son site d'observation privilégié, rien ne lui échappait : aucune allée et venue suspecte ni rien de ce qui se passait chez les voisins. De plus, sur le rebord de sa fenêtre reposait le téléphone. Elle pouvait ainsi converser de longs moments avec un large réseau d'amies qui la tenaient au courant d'événements se déroulant bien au-delà de son champ visuel.

Madame Gingras représentait une véritable mine de renseignements. Mais comment l'interroger au sujet d'Éléonore sans éveiller ses soupçons ?

– Bonjour ! M'apportez-vous de bonnes nouvelles ? Avec tous les concours auxquels je participe, c'est impossible que je ne finisse pas par gagner. Je sens que le grand jour approche.

– Hélas ! Pas aujourd'hui encore, Madame Gingras. Je n'ai qu'un compte de téléphone à vous remettre. Je ne comprends pas que vous dépensiez autant de timbres et de temps à remplir tous ces coupons.

– Vous n'aimeriez pas ça apprendre que vous gagnez un magnifique voyage au bout du monde, un gros lot de cent mille dollars ou encore une superbe automobile, une...

– Franchement, je ne compte pas sur cela. Mais je dois vous avouer que j'ai toujours rêvé de visiter l'Égypte.

Ah ! Déambuler le long de dunes se déployant à perte de vue, se promener à dos de chameau, ne l'avait-il pas si souvent vécu en imagination ? Voilà la grande passion qui l'habitait depuis si longtemps... et aussi, secrètement, la rencontre de l'âme sœur qui partagerait ses derniers jours avec lui. Cette pensée lui rappela que ce second désir pourrait peut-être se réaliser bientôt s'il réussissait à tirer de Madame Gingras des informations au sujet de sa voisine.

— Au fait, savez-vous si Madame Grandbois est partie en vacances ? La maison semble inoccupée. Ce n'est pas très prudent : il y a des voyous qui surveillent ce genre de détails pour manigancer leurs mauvais coups, précisa-t-il, assez fier de la subtilité de son approche.

— Elle est toujours chez elle. Enfin, je dis ça, mais c'est comme si elle n'y était pas vraiment.

Phil se contenta de froncer les sourcils, l'air intrigué. Madame Gingras, ravie de l'oreille attentive qu'il lui prêtait, ne se fit pas prier pour débiter tout ce qu'elle savait :

— Depuis la mort de son mari, elle vit comme une vraie sauvage. Voilà maintenant près de cinq ans qu'elle s'est retirée dans son univers. Une vraie revenante ! Parfois elle se promène dans son arrière-cour, à l'abri des grands saules. Mais aussitôt qu'elle aperçoit quelqu'un s'approcher, elle court se réfugier à l'intérieur. Croiriez-vous qu'autrefois cette dame élégante donnait des leçons de chant ? J'entendais la musique et les voix des élèves qui répétaient de grands airs. Depuis le tragique événement, on dirait que le mauvais sort s'est jeté sur cette maison et l'a rendue muette. Cette femme ne doit plus avoir toute sa tête, c'est sûr...

— Je ne m'ennuie pas, Madame Gingras, mais je dois continuer ma tournée. À la prochaine ! Bonne chance dans vos concours !

Il préférait mettre un terme aux élucubrations qu'elle s'apprêtait à lancer. Seuls importaient les faits concrets qu'il avait recueillis. Ils confirmaient ses intuitions : Éléonore était terriblement seule, captive de son malheur.

Au fil des ans, Phil avait développé un véritable art d'interpréter le type de courrier que les gens recevaient afin de découvrir leurs centres d'intérêt et cerner leur personnalité avec beaucoup de justesse. Dans la boîte aux lettres d'Éléonore, il n'avait jamais déposé autre chose que des circulaires, des factures et un chèque de la Régie des rentes à la fin de chaque mois. Aucune correspondance personnelle ne lui était adressée.

Tous les liens qui la reliaient au monde s'étaient rompus. Des barreaux invisibles l'emprisonnaient. Désormais, plus personne ne franchissait cette frontière, pas même le jeune livreur de l'épicerie qui se contentait de laisser sa commande sur le seuil de sa porte. Mais comment la rejoindre, lui tendre la main, la ramener parmi les vivants ?

Phil ressassait toutes ces questions dans sa tête tandis qu'il continuait de distribuer le courrier en observant distraitement un titre de revue ou un abonnement à un club qui lui révélaient les passe-temps préférés du destinataire. Le cœur n'y était pas toutefois. Même ses études d'anthropologie postale ne le stimulaient plus autant. Une âme en voie d'extinction hantait ses pensées, requérait toute son attention.

Ce soir-là, Phil réfléchit longuement à la meilleure stratégie pour réaliser son plan. Il fallait qu'il la rencontre, qu'ils se parlent, qu'ils se connaissent et se reconnaissent enfin. Tout son être y aspirait. L'intensité de ce sentiment si nouveau le troublait et l'enchantait à la fois.

Soudain, le déclic se fit. Bien sûr ! Puisque seul le courrier réussissait à s'introduire dans l'intimité d'Éléonore, il allait lui écrire une lettre ! Comment n'y avait-il pas pensé tout de suite ? Son enthousiasme se refroidit presque aussitôt. Qu'allait-il lui dire ? Lui, un simple petit facteur, si ordinaire... Ses épaules s'affaissèrent.

Il se mordillait les lèvres, perplexe, tout en contemplant d'un regard désabusé la modeste garçonnière où il logeait. Les meubles dépareillés n'offraient aucun intérêt. Par contre, l'imposante bibliothèque de chêne massif regorgeait de livres passionnants sur de nombreux pays, les grandes époques de l'histoire, les cultures anciennes. Les récits de voyage côtoyaient les romans d'aventures. Il avait passé tant de soirées, de nuits à vivre par intérim dans ces pages, à parcourir les lignes sinueuses d'étroits sentiers de montagne, à s'enivrer de mots en fréquentant des marchés remplis de sons, d'images et de parfums insolites, à songer sans fin dans des déserts de silence...

Sur la commode, des fragments de pierres et de quartz entouraient une réplique miniature du sphinx et semblaient autant de souvenirs rapportés de fabuleuses expéditions. Juste au-dessus, sur le mur, une affiche où des dunes s'étendaient à l'infini prolongeait le mirage.

Phil regarda son reflet que lui renvoyait le miroir de la porte de la penderie. Sa silhouette mince pouvait résulter de toutes ces journées passées à marcher... à la suite d'une caravane. Son teint basané évoquait... celui d'un nomade constamment exposé aux rigueurs du climat. Ses tempes grisonnantes témoignaient d'une maturité acquise au fruit de tant d'expériences.

Désormais, il ne se contenterait plus d'être le fidèle compagnon de Marco Polo. Il allait conquérir sa merveille du monde. Il allait écrire le prochain épisode de sa vie.

ॐॐ

Éléonore entendit les marches de la galerie grincer. Le bruit sec du couvercle de la boîte aux lettres qui retombait lui confirma la présence du facteur. Encore des annonces publicitaires évidemment. Par la fenêtre, elle regarda l'homme s'éloigner. Une fois qu'il fut hors de vue, elle retira une élégante enveloppe en papier parcheminé. Elle provenait de Montréal où Éléonore ne connaissait personne. Quelle main y avait soigneusement tracé son nom et son adresse ? Intriguée, elle l'ouvrit et parcourut le message de l'unique feuillet :

Chère Madame Grandbois,

Sans doute trouverez-vous surprenant qu'un pur étranger vous écrive ainsi. Après avoir beaucoup voyagé grâce à mon métier d'archéologue, me voici à la retraite. Je mène une vie plutôt retirée. Pour rompre ma solitude, une idée peut-être incongrue m'est venue : j'ai décidé d'entreprendre une correspondance avec une dame sélectionnée au hasard dans l'annuaire du téléphone.

Soyez assurée que je ne suis pas un habitué de ce genre de procédé. Simplement, je crois beaucoup au destin et j'ai choisi de suivre mon inspiration. Je vous envoie ce petit billet un peu comme on lance une bouteille à la mer. J'espère de tout cœur que cet échange sera l'occasion de développer une amitié durable et enrichissante.

Permettez-moi de vous offrir mes salutations distinguées.

Philippe Denoncourt

Éléonore relut ces mots, sceptique. Un mauvais plaisantin comptait-il se moquer d'elle ? S'agissait-il d'un aventurier qui utilisait ce stratagème pour préparer le terrain afin de la dépouiller de ses biens ? Sa rente de veuve et la somme rondelette versée par la compagnie d'assurances à la mort de son mari la mettaient à l'abri de tout problème financier pour l'avenir. Mais elle n'avait plus aucune famille, aucun ami. Qui donc s'inquiéterait d'elle s'il lui arrivait quelque chose ?

Elle froissa la lettre et la jeta à la poubelle d'un geste rageur. Elle ravalait la peine provoquée à la pensée qu'on tentait de la ridiculiser. D'ailleurs, que pourrait-elle lui raconter à ce grand voyageur dont l'existence était jalonnée de découvertes palpitantes ?

Son regard tomba sur la photo qui ornait son piano. Le plus beau moment de sa vie y était fixé : le soir du gala où elle avait remporté le premier prix au concours de chant. Elle souriait dans sa longue robe de satin vert jade, les yeux étincelants d'espoir. Une brillante carrière lui était promise. Il lui fallait cultiver son talent. Si elle avait pu poursuivre ses cours de chant, elle aurait donné des récitals partout dans le monde.

Une vague de nostalgie la submergea. Ses parents n'avaient pu assumer la dépense d'une formation plus avancée. Au lieu de cela, elle s'était mariée, avait offert des cours privés pour arrondir les fins de mois. Elle n'avait même pas réussi à donner un enfant à son mari pour qui cela comptait plus que tout. Comme elle avait senti le poids de sa déception s'alourdir un peu plus à chaque année qui s'écoulait ! Aucune vie ne poussait dans ses entrailles aussi stériles qu'un désert.

Éléonore avait tout raté. Elle avait manqué son rendez-vous avec le destin. Son existence de morte vivante lui apparut dans toute sa démesure, avec une acuité oppressante. Il avait suffi d'une simple lettre, d'une petite intrusion de l'extérieur pour susciter bien des remous sur l'eau calme de ses jours. Et s'il s'agissait du destin qui frappait une autre fois à sa porte ? Qu'avait-elle à perdre, au fond ? Bien sûr, il convenait d'agir avec prudence. Elle pesa méticuleusement chacun des mots qu'elle écrivit de façon à ne pas se rendre trop vulnérable :

Monsieur,

Votre lettre m'a effectivement beaucoup surprise. Je compatis à votre situation. Après avoir donné des récitals dans les grandes capitales, moi aussi je vis maintenant très retirée dans une petite ville où je partage mon quotidien avec Micha, ma domestique.

J'accepte donc de participer à cet échange de lettres qui apportera une touche d'inattendu dans nos journées. Sachez toutefois que tout propos déplacé ou insistance indue entraînera la fin de cette entente.

Veuillez agréer mes salutations distinguées,
Éléonore Grandbois

Le ton quelque peu distant du message ne rebuta pas Phil. Il s'estimait si chanceux qu'elle lui ait répondu. Elle venait de franchir un premier pas capital : elle réintégrait le circuit postal, elle s'inscrivait à nouveau dans le courant de la vie.

Ses lettres lui parviendraient avec un peu de retard, car il avait loué une case postale à Montréal. L'utilisation d'un pseudonyme empêcherait Éléonore de soupçonner sa supercherie. La fin de semaine, il se rendait à la métropole pour poster sa lettre et en profitait pour bouquiner dans les librairies et visiter un musée où l'on présentait des expositions qui nourrissaient l'archéologue qu'il aurait aimé être.

Une grande fébrilité l'agitait lorsqu'il se dirigea vers la demeure d'Éléonore pour y déposer la deuxième lettre qu'il lui avait écrite. Son cœur bondit de joie quand du coin de l'œil il aperçut le bras d'Éléonore qui s'étirait par la porte entrebâillée pour s'emparer de l'enveloppe avec empressement.

– Bonjour, Madame Gingras ! Voici une lettre super urgente pour vous de la part de *Sélection du Reader's Digest*. Sûrement que vous vous êtes qualifiée pour le grand Sweepstake...

– Ne vous moquez pas ! Cela pourrait arriver plus tôt que vous pensez !

– Je vous le souhaite de tout cœur.

– C'est bien beau tout ça, mais ça ne règle pas mon problème. J'aurais besoin d'une personne pour repeindre ma galerie et les fenêtres. Connaîtriez-vous quelqu'un par hasard ?

– Je pourrais vous faire ça samedi si vous le voulez.

– Vraiment, cela ne vous dérangerait pas ?

– Au contraire ! J'adore travailler au grand air. Achetez votre peinture et un pinceau. Je serai là samedi sans faute. Au revoir !

Phil tenait enfin la possibilité d'entrevoir Éléonore. Pourvu qu'elle sorte, ne serait-ce que quelques minutes, dans son arrière-cour. Toutes ses pensées se tournaient vers celle qui en ce moment lisait son message :

Chère Éléonore,

J'apprécie au plus haut point la faveur que vous m'accordez en consacrant un peu de votre temps à converser avec moi. Je n'oserais en aucun cas forcer votre intimité. Sans doute cela provient-il d'une déformation professionnelle. J'ai l'habitude d'effectuer des fouilles, de scruter les moindres signes afin de dénicher des trésors enfouis.

Je désire vous connaître et vous laisse la liberté de vous ouvrir en me révélant les aspects de vous qu'il vous plaira de partager avec moi. Votre amitié constitue le plus précieux des trésors à découvrir.

Dans l'attente de votre prochaine lettre, mes meilleures pensées vous accompagnent.

Philippe Denoncourt

Éléonore se sentit un peu plus rassurée. Aucun hurluberlu ne s'était présenté à sa porte. Les lettres brèves et courtoises lui inspiraient confiance. Elle vivait dans l'attente du courrier. Souvent le jour, elle se surprenait à converser à haute voix avec cet invité imaginaire assis à sa table. Elle se levait brusquement et oubliait ce qu'elle allait chercher. Elle avait recommencé à jouer avec Micha, sa chatte persane. Depuis qu'elle avait écrit à Philippe la joie qu'elle éprouvait à chanter, elle s'était remise à pianoter. Sa voix incertaine fredonnait de plus en plus fréquemment.

Un après-midi, alors qu'elle disposait des fleurs fraîchement coupées dans un vase, elle eut l'impression qu'il était là, tout près, qu'il l'écoutait avec toute son attention. Elle chanta pour lui. Sa voix s'éleva, claire, forte, et retrouva une pureté que les années de silence n'avaient point altérée.

Les notes s'égrenaient dans l'air, se propageaient dans l'espace. Les volutes sonores s'enroulèrent autour de Phil qui achevait de peindre la galerie. Il avait vu la frêle et gracieuse silhouette se pencher pour cueillir quelques fleurs vivaces parmi les broussailles de son terrain. Le soleil avait allumé des reflets dorés dans son chignon torsadé. Puis la vision s'était volatilisée. Maintenant, de la fenêtre du salon s'échappait la mélodie si touchante. Phil se figea, suspendu hors du temps. Il reconnut cette voix qu'il avait attendue depuis toujours. Il sut que l'âme sœur chantait pour lui.

Quand le silence s'installa, il demeura longtemps immobile. Un voile de douceur et de tendresse tomba sur ses épaules.

— Ma foi ! On dirait qu'un ange vous est apparu !

— Vous ne croyez pas si bien dire, Madame Gingras, murmura-t-il béatement.

— On jurerait qu'il s'agit du travail d'un expert, le complimenta-t-elle, visiblement satisfaite de l'allure pimpante de sa maison. Combien je vous dois pour vous dédommager ?

– Rien du tout, voyons. Le dîner que vous m'avez offert suffit amplement.

– Je trouverai bien un moyen de vous remettre la pareille. Merci encore !

Et Phil partit en emportant sa récompense : la voix de l'aimée qui fredonnait, présence merveilleuse qui l'accompagnait à chaque instant.

❧

Les jours s'écoulaient au rythme des lettres qu'il recevait, relisait, écrivait. Chaque feuillet le rapprochait un peu plus d'elle. Il l'apprivoisait, la voyait prendre vie, s'ouvrir. Il la découvrait entre les lignes pleines de retenue du début et celles, plus récentes, empreintes de fantaisie et de rire.

Quelle ne fut pas sa surprise de trouver, un matin, dans son courrier, une lettre en provenance de Montréal ! On lui annonçait qu'il était l'heureux gagnant du concours de l'émission de télévision LA COURSE DESTINATION MONDE et qu'il remportait un voyage au pays de son choix en Afrique ou en Asie. Il s'agissait sûrement d'une erreur ! Il n'avait jamais participé à ce concours. Mais non, le tout était bien libellé à son nom. Aucun doute, ce ne pouvait être que Madame Gingras qui l'avait inscrit à son insu.

Phil se retrouva donc en expédition au pays dont il avait toujours rêvé. Ce voyage accompli pour aller à la rencontre de son être véritable le mit en face de cette réalité : il lui fallait dire la vérité à Éléonore. Étendu dans le sable, il sortit son papier à lettres et entreprit la rédaction de la missive où allait se jouer son destin.

Très chère Éléonore,

Je vous écris d'Égypte. À l'ombre de la sagesse et de la force du grand sphinx, je puise le courage pour vous révéler des faits que je ne saurais plus longtemps vous cacher. Je vous en prie, lisez cette lettre jusqu'au bout, quels que puissent être les sentiments que susciteront ces aveux.

Sachez que je vous aime plus que tout au monde, plus que ma vie. Au cours des derniers jours, j'ai visité des temples impressionnants, admiré des objets d'art fabuleux. Vous m'êtes plus précieuse que toutes ces merveilles dont j'ai rêvé en les découvrant dans les livres.

Je me proclame voyageur de l'imaginaire. Mes conquêtes ne connaissent aucune limite de temps ou d'espace. L'intensité de la passion que je ressentais dans mes rêves égalait bien celle que j'éprouve maintenant que j'explore cette contrée réelle pour la première fois. Oui, vous avez bien lu. J'ai transposé mes souvenirs de lecture en souvenirs de voyage. Je vous avoue que j'ai peine à départager ces deux univers en ce moment. Je suis un facteur, Éléonore... votre facteur... Je ne ressens aucune honte de cette profession. Saviez-vous que dans le dictionnaire, le sens étymologique de ce mot est : « celui qui fait, créateur ». Je suis plus qu'un simple facteur dépositaire de lettres, Éléonore ; je suis un facteur de rêves...

Qui sait s'il ne fallait pas que je vous écrive ce rêve pour qu'il advienne enfin. De même, dans cet instant de grâce où je vous ai entendu chanter, vous ÉTIEZ une cantatrice. Ne vous êtes-vous pas sentie pleinement vous-même à ce moment-là, peut-être plus que jamais auparavant ? Vous chantiez de toute votre âme, portée par le souffle de la Vie elle-même. J'ai su que vous étiez la compagne qui m'était prédestinée. J'ai perçu le lien invisible qui nous unissait.

Nos rêves pèsent aussi lourd dans ce que nous sommes que les événements que nous avons vécus. Je vous aime telle que vous êtes, avec vos rêves, vos blessures, tout ce que j'ignore encore de vous et que vous me confierez lorsque vous serez prête.

Considérez que je ne vous ai pas vraiment menti... j'ai peut-être simplement un peu devancé la réalité. Aujourd'hui, je me suis promené à dos de chameau, j'ai rencontré des nomades. Mes pieds ont foulé les dunes du désert où j'ai recueilli pour vous cette cristallisation de gypse ciselée par le vent et le temps et qu'on appelle une rose de sable. Je vous l'envoie, telle une fleur éternelle, en gage de mon amour. Mes lèvres l'ont effleurée longuement afin de l'imprégner de ce que je ressens pour vous et que les mots ne sauraient exprimer.

Dimanche, je reviendrai de mon périple. Je me rendrai chez vous pour en compléter l'ultime étape. Accepterez-vous, Éléonore, de me tendre la main afin que nous puissions, comme l'a si bien écrit Victor Hugo, vivre « Ce beau rêve Qui deviendra le réel un jour » ? D'ici là, je vous porte dans mon cœur.

Avec tout mon amour,
Philibert Rancourt

Éléonore laissa tomber la lettre sur ses genoux. Elle s'empara de la rose de sable, la retourna entre ses doigts, admira les fines ciselures. Une aura de mystère l'entourait, suscitait chez Éléonore des sensations troubles. Cette fièvre étrange ne la quitta pas de tout le jour.

Lorsqu'elle s'étendit pour la nuit, sa main reposait sur son ventre et couvait la petite pierre. Des rêves insolites ponctuèrent son sommeil intermittent. Toute légère sur son lit, elle flottait. La rose s'imprégnait du rythme d'Éléonore, se soulevait, portée par sa respiration. Elle s'animait d'une vie singulière, poussait des racines dans les entrailles d'Éléonore, creusait des sillons et trouvait son chemin jusqu'à la source de son être. Son dos s'arqua, son ventre, irrésistiblement, se mit à tanguer. La source jaillit, se répandit dans tout son corps, la secoua de frissons.

La femme ravivée s'étira de tout son long et soudain, une voix très douce et lointaine s'éleva. Une voix qui provenait de l'intérieur, au plus profond d'elle-même. Une voix qui l'emplit tout entière, s'écoulant en un tourbillon chaud dans sa gorge : son âme chantait.

Son corps roula sur le lit, se laissa glisser sur le tapis. Ses jambes entraînèrent les draps qui s'étalèrent telles des dunes se déversant, ondulantes sous la caresse du vent. Un bruit inhabituel la tira de cet instant d'éternité. La rose de sable roulait sur le sol. Elle s'arrêta près de son visage. Éléonore contempla l'étrange talisman, bouleversée, effrayée, subjuguée. Seule dans le désert de sa chambre, elle sentit les lèvres de Phil l'effleurer dans un souffle.

Phil avait quitté le désert. Il avait volé au-dessus des nuages, volé à la rencontre de son aimée. Avait-il jamais atterri ?

Maintenant il s'avançait sur le chemin qui menait à la demeure d'Éléonore. Il reconnut un signe familier : le rideau qui s'écartait pour retomber aussitôt. Il sut qu'elle l'avait vu. Elle le regardait venir vers elle. Elle l'attendait. Elle l'espérait.

Phil pressa le pas. Une volée d'oiseaux s'échappa de son cœur et emplit tout l'espace d'allégresse. Un nom résonnait : Éléonore... Éléonore... Le précieux vocable scandait la cadence de sa montée. Le facteur de rêves gravit une marche... Éléonore... une seconde marche... Éléonore... une autre encore... Éléonore... Il franchit les quelques pas le séparant de sa porte qui s'ouvrit avant même qu'il ait frappé...

Éléonore !

Dans la lumière mordorée du couchant, elle se tenait, droite, immobile, silencieuse. Infiniment douce et fragile. Ses paupières s'abaissèrent pour voiler ses yeux embués de larmes.

Phil prit sa main dans les siennes et y déposa un baiser. Son poing demeurait fermé. Il le renversa dans sa main et effleura tendrement ses doigts qui alors s'ouvrirent peu à peu en tremblant, semblables à de longs et délicats pétales. Au cœur de sa paume frémissante palpitait... la rose de sable.

Partir au loin pour se trouver.
Être bien en soi partout.

Un endroit parfait

Dix heures d'autobus ! Noémie acheva son périple en escaladant trois étages d'escaliers avec ses bagages de plus en plus lourds. Elle sonna à la porte voisine de celle de sa logeuse, absente au moment de son arrivée comme elle l'avait prévenue. L'homme qui lui répondit tenait du bout des doigts un trousseau de clés tout en l'examinant avec un curieux sourire.

Sans doute l'avait-on informé qu'elle venait d'une région éloignée. S'imaginait-il avoir affaire à quelque spécimen humain peu déluré dont le stade d'évolution n'avait pas atteint le seuil minimal pour établir une conversation civilisée ?

— Bonjour, dit-elle en s'efforçant d'afficher son sourire le plus avenant. Je suis Noémie Lavallée. J'arrive finalement vers l'heure convenue. Il n'y a pas eu de retard.

Il lui remit les clés et referma la porte sans un mot. Au moins, il était là comme prévu. Elle pourrait s'installer dans sa chambre en attendant que madame Poitras revienne de son voyage dans quelques jours.

Noémie pénétra dans l'appartement. Le salon offrait un espace accueillant. De l'immense vitrine, elle apercevait le sommet de l'édifice où elle suivrait sa formation de courtier immobilier.

C'était une véritable chance qu'une amie, sachant qu'elle avait besoin d'un pied-à-terre pour une session d'études de quinze semaines, lui ait téléphoné pour lui communiquer les coordonnées de cet endroit vraiment parfait. La localisation, le prix et la possibilité de cuisiner ses repas répondaient en tous points à ses besoins. Cette aide inattendue lui avait paru presque trop belle pour être vraie. Décidément, un ange veillait sur elle.

Tous les éléments semblaient se mettre en place pour faciliter sa démarche de prise en main de sa vie. Noémie sortait à peine d'une relation conjugale insatisfaisante qui l'étouffait depuis des années ; il lui fallait maintenant retourner sur le marché du travail. À la mi-trentaine, tous les espoirs lui étaient encore permis. Cette décision s'avérait la meilleure qu'elle eut prise. Elle ne s'était jamais sentie aussi confiante qu'en ce jour de printemps.

Elle soupira d'aise en poursuivant sa visite des lieux. Sur une porte d'armoire, un message sur un feuillet joliment décoré lui souhaitait la bienvenue : « Bonjour Noémie. Installe-toi et fais comme chez toi. Bon séjour à

Montréal. À bientôt, Adrienne. »

Un petit papier autocollant avec son nom attira son attention sur le garde-manger où une tablette avait été libérée à son intention. Même chose dans le frigo. Elle pénétra finalement dans la chambre à coucher, tout au fond. Elle retrouva le même petit papier sur l'un des tiroirs de la commode, sur celui du haut de la table de chevet et sur l'un des panneaux coulissants de la garde-robe. Voilà une personne vraiment méthodique, songea-t-elle.

La chambre était meublée beaucoup plus modestement que le reste de l'appartement. Un couvre-lit rose plutôt défraîchi jetait une tache de couleur sur le tapis gris. Comme dans les autres pièces, tout était d'une propreté impeccable. Son hôtesse avait fait un grand-ménage de fond en comble, comme si elle s'était préparée pour une inspection rigoureuse. Noémie venait de pénétrer dans l'antre d'une maniaque de l'ordre à n'en pas douter. Elle rangea ses effets dans les espaces qui lui étaient dévolus en prenant soin de ne rien laisser traîner. Cela ne lui demandait pas vraiment d'effort, car elle était très ordonnée elle-même.

Elle se rendit au supermarché repéré par la fenêtre afin d'acheter l'essentiel pour le petit-déjeuner et les premiers repas. Elle se faisait un point d'honneur de ne rien prendre qui ne lui appartenait pas. Elle n'avait même pas jeté un coup d'œil dans les tiroirs autres que celui qui lui avait été imparti, par respect de l'intimité de celle qui avait bien voulu l'héberger.

Cette nuit-là, Noémie dormit profondément, comme

cela ne lui était pas arrivé depuis longtemps. La fatigue du voyage y était sans doute pour quelque chose, mais aussi la satisfaction d'entreprendre une nouvelle étape de sa vie qui s'annonçait des plus prometteuses.

Les petites appréhensions qui l'habitaient disparurent rapidement après les premières journées de cours. Elle s'était liée avec quelques personnes, et l'attitude chaleureuse du reste du groupe et des formateurs la rassura. La gentillesse et la considération qu'on lui manifestait l'étonnaient et lui faisaient tellement de bien. Comme cet accueil la changeait des manières condescendantes et des paroles mesquines de son ex-conjoint ! Elle se sentait renaître.

Pendant la soirée, alors qu'elle regardait la télévision au salon, la porte s'ouvrit. Une dame dans la cinquantaine avancée entra avec ses bagages et la considéra comme si elle était une intruse. Qu'avait-elle pensé de recevoir une étrangère chez elle ? Elle avait sans doute profité de son absence pour fouiller un peu partout. Et elle s'était peut-être dit que d'emprunter un peu de beurre, quelques tranches de pain dans le congélateur, cela ne paraîtrait même pas...

Adrienne se ressaisit et tendit la main avec bonne humeur. Elle commenta son voyage avec animation, prenant un plaisir évident à s'écouter parler. Noémie réussissait à placer une question pendant les brefs instants où sa logeuse reprenait son souffle. La jeune femme se sentait obligée de lui tenir compagnie tout en la regardant déballer ses valises qu'elle étalait un peu partout sur le sol.

– Il a fait froid et il a plu. Il y a beaucoup de vêtements que je n'ai pas portés. Je vais aller ranger cela dans ta chambre.

– Je vous en prie, vous êtes chez vous.

Adrienne s'était installée dans la chambre avec le divan-lit et l'ordinateur qui occupait ses périodes d'insomnie. Il s'avérait plus pratique de laisser sa chambre à la pensionnaire.

Lorsqu'elle revint et vit tous ses effets personnels éparpillés, elle sembla mal à l'aise, comme prise en flagrant délit de désordre. Noémie se retira dans ses quartiers après lui avoir souhaité une bonne nuit.

Le lendemain, après le souper, elle s'enferma dans sa chambre et révisa ses notes de cours. Elle ne voulait pas déranger cette femme habituée à vivre seule. Quand elle sortit pour aller prendre sa douche, il lui sembla qu'Adrienne la dévisageait comme une malotrue. Aurait-elle apprécié de la compagnie ?

Noémie se reprit le soir suivant et s'assit près d'elle sur le divan du salon pour suivre l'émission de télé qu'elle regardait. Elle eut l'impression de s'imposer. Après tout, s'il y avait un poste de télé dans sa chambre, ce n'était pas sans raison. Malgré ses bonnes intentions, rien ne semblait satisfaire sa logeuse.

Quelle ne fut pas la surprise de Noémie lorsqu'elle arriva et qu'Adrienne lui proposa de partager le repas qu'elle avait préparé ! Au fond, sous ses dehors un peu bourrus, elle avait bon cœur, elle désirait agir en hôtesse courtoise. Elle s'informa de ses cours, tentant de lui manifester de l'intérêt.

— La formation aborde tous les aspects, même les différentes réglementations concernant les contrats. Mais ce qui m'intéresse le plus, c'est d'aider les gens à dénicher un endroit parfait pour eux, une propriété où ils seront bien et qui les reflète vraiment. Il faut de l'intuition pour poser les bonnes questions et cerner les besoins du client tout en tenant compte de son budget, évidemment. Je sens que j'aimerai beaucoup accomplir ce travail.

Cette noble tâche ne semblait guère jouir d'un grand prestige aux yeux d'Adrienne. Elle se contentait d'écouter par politesse.

— Ce soir, je participe à une réunion d'un conseil d'administration dont je suis membre. Demain, j'ai un cocktail pour fêter la retraite d'une amie. Vendredi matin, je pars pour la fin de semaine au Saguenay dans ma famille. On célèbre l'anniversaire de ma mère. Et toi, qu'est-ce que tu vas faire ? s'enquit-elle, l'air contrarié de la laisser seule aussi longtemps.

— J'ai des notes à réviser. Je dois aller à l'épicerie. Je pourrais magasiner, visiter de nouvelles boutiques, je verrai.

Son agenda social n'était pas des plus impressionnants pour Adrienne qui ne pouvait concevoir de passer plus de quelques jours consécutifs à la maison sans se sentir au bord de la disgrâce.

— Il faut que je parte, je vais être en retard à ma réunion.

— Bonne soirée, lui souhaita Noémie en remarquant son regard qui la balayait de la tête aux pieds.

Elle portait un simple t-shirt et un pantalon

décontracté qu'elle revêtait afin de préserver ses tenues plus soignées qu'elle réservait pour les cours. Elle s'était restreinte dans ses bagages. Adrienne arborait avec fierté des toilettes différentes chaque jour. Mais Noémie ne l'enviait pas quand elle la voyait rogner sur tout et faire des économies de bouts de chandelles pour dépenser excessivement lorsqu'elle voulait impressionner et être à la hauteur du niveau de vie des gens qu'elle fréquentait.

L'une des rares fins de semaine où Adrienne resta à la maison, elle sortit une seule chaise longue pour s'installer sur la terrasse.

– Tu ne vas pas passer toute la journée dans ta chambre par une telle chaleur, lui dit-elle d'un ton sarcastique en emportant le téléphone.

Noémie se sentit piquée au vif, mais ne dit mot. Elle s'éclipsa pour acheter quelques effets à l'épicerie. Sur son chemin, elle remarqua une fête de quartier se déroulant dans le parc. Elle se joignit à cette ambiance familiale. L'enthousiasme des gens qui frappaient des mains au rythme de la musique la gagna. Ce contact simple et chaleureux la réconforta.

À son retour, la maison était vide. Elle accueillit ce silence avec soulagement. Lorsque Adrienne rentra, radieuse, elle relata avec vivacité son après-midi et ajouta :

– Quel dommage que je n'aie pas pensé t'offrir de venir avec nous avant que tu partes !

En hébergeant une pensionnaire pour un bref séjour, elle croyait trouver une compagne pour partager certaines activités et élargir son cercle de relations. Elle avait rapidement constaté que cette jeune femme n'était pas de son monde et ne lui présenterait personne digne d'intérêt.

Le ton et le sourire narquois laissaient clairement entendre qu'elle n'avait jamais eu l'intention de l'inviter. Noémie devint hors d'elle et ravala une envie de pleurer. Cette attitude lui rappela celle de son ex-conjoint.

Le dimanche, elle alla au vieux port et se promena sur le bord du fleuve. Soudain très lasse, elle s'accouda à une rambarde et son esprit suivit le courant. Elle se fondit dans l'eau tourbillonnante, oublia tout ce qui l'entourait et eut l'impression de se retrouver dans sa Gaspésie natale, au bord de la mer.

Une peine immense jaillit du plus profond de son être, une peine sur laquelle elle n'aurait su mettre un nom. Cette détresse remontait à l'enfance et formait une grosse boule mêlée de rage qui l'étouffait. Elle sentait les larmes couler sans penser à rien en particulier : de la tristesse à l'état brut. Elle ne retint pas le flot qui voulait s'épancher, qui secouait sa poitrine de soubresauts. Tout se déversa dans l'eau du fleuve dont le ressac la nettoyait, la soulageait.

La paix revint. L'eau scintillante et si majestueuse sous les rayons du soleil l'émerveilla, la régénéra. Elle ferma les yeux : l'image de l'océan infini l'habita et l'imprégna tout entière. Noémie sentit une grande force en elle, une source à laquelle elle ne s'était pas abreuvée depuis si longtemps. Elle retourna à l'appartement d'un pas rasséréné.

Enfin arriva la dernière journée de sa formation. Ce soir-là, Noémie allait voir un spectacle, récompense qu'elle s'accordait avant de repartir le lendemain. Adrienne lui offrit d'aller la chercher à la station de métro.

— Je vais être inquiète tant que tu ne seras pas revenue, ajouta-t-elle.

— Il n'y a pas tellement loin à marcher et c'est une rue très achalandée. Je ne me sens pas inquiète de parcourir le trajet. Je n'y avais même pas songé avant que vous en parliez. Je pourrais quand même prendre en note le numéro de téléphone. Mais il se peut que je revienne assez tard, pas avant onze heures trente.

L'idée de sortir à cette heure tardive pour ramener sa pensionnaire ne lui souriait manifestement pas du tout.

— Si vous avez quelque chose de prévu, vous rentrez quand ça vous convient, sans vous préoccuper de moi.

Adrienne acquiesça d'un air satisfait. Un peu exaspérée, Noémie se demanda pourquoi elle avait pris la peine de lui proposer ce qu'elle préférait éviter. Elle chassa cette pensée et, tout le long du trajet, se réjouissait déjà à l'idée d'assister à ce spectacle.

Il fut à la hauteur de ses attentes. La virtuosité des artistes, la musique envoûtante et les effets visuels éblouissants l'avaient captivée. Elle s'était abandonnée à la magie d'un moment suspendu dans le temps.

Elle n'avait jamais déboursé une somme aussi importante pour un événement, mais elle le méritait. Elle était fière d'elle et de ce petit luxe qu'elle s'offrait. Elle emporterait ainsi un magnifique souvenir de la fin de son séjour.

À son retour, Adrienne veillait, rivée à son ordinateur.

Elle s'informa de sa soirée, mais ne s'intéressa pas à la réponse. Noémie ne prit pas la peine de s'étendre sur le sujet. Il était près de minuit et elle voulait se reposer avant son départ.

Après des adieux courtois, elle déposa ses bagages dans un casier au terminus d'autobus et marcha, songeuse, dans les rues avoisinantes. La formation reçue comblait ses attentes, mais l'expérience avec Adrienne la laissait perplexe. Elle réalisa soudain la similitude avec le genre de traitement qu'elle avait subi durant son mariage.

En se séparant, elle avait cru mettre un terme définitif à cette dévalorisation systématique de la part de cet homme. Et voilà que son fantôme la suivait où qu'elle aille. Comme si elle ne s'était pas encore complètement défaite de son emprise. Un lien subtil la rattachait toujours à cet être qu'elle avait cru aimer. Il continuait de la harceler à travers d'autres personnes qui croisaient sa route, par un étrange phénomène de résonnance.

Noémie sentit à nouveau ce poids l'accabler. Elle en avait assez de constamment essayer de plaire à ces perpétuels dénigreurs qui n'étaient jamais satisfaits et n'appréciaient rien des efforts et attentions qu'elle déployait.

Soudain, elle réalisa qu'elle n'avait pas à obtenir leur approbation, leur reconnaissance. Une chape de plomb glissa de ses épaules et la délesta d'un poids immense. Elle n'allait plus rejouer constamment cette même scène, tenir ce même rôle.

La vie jalonnait son parcours de bons Samaritains et d'occasions dont il suffisait d'être à l'affût pour les saisir.

Fini le temps où elle croyait que la chance ne frappait qu'à la porte des autres ! Elle voulait profiter de tout ce que l'existence avait à lui offrir. Elle ne se contenterait plus d'être une simple spectatrice, elle jouerait le rôle de sa vie !

Dans les regards souriants des inconnus qui déambulaient, elle décelait une amicale connivence. Étrangement, elle se sentait chez elle, comme jamais auparavant. Elle ne se souvenait pas d'avoir déjà éprouvé cette sensation avec autant d'acuité et de bonheur, pas même dans sa ville natale. Elle pressentait que ce bien-être ne dépendait pas tant de l'endroit que d'un certain état intérieur.

L'heure du départ approchait. Noémie se joignit à la file qui s'allongeait à la porte donnant accès à l'autobus qu'elle devait prendre. Dix heures de route ! Puis, elle gravirait avec ses bagages les escaliers la menant à son appartement. Elle y serait vraiment chez elle.

Au terme de ce périple intérieur, Noémie avait fait un grand détour pour se retrouver. Au centre d'elle-même, elle avait découvert une petite maison aux fenêtres bordées de fleurs ; une maison dont les fenêtres s'ouvraient sur l'océan infini.

Lettre au chat du Dalaï Lama

Les livres de l'imposante bibliothèque me regardent de haut. Je ne l'imagine pas. Ils pavent tout un pan de mur, ce qui représente bien l'importance que leur accorde ma maîtresse. Lorsqu'elle se plonge dans un livre, elle vit dans un autre monde. Je n'existe plus. Elle ne s'occupe plus de moi.

Je dois avouer que je ne les porte pas dans mon cœur, tous ces mystérieux bouquins. Ces farouches compétiteurs me volent constamment du terrain. Ils m'enlèvent de l'attention, du temps passé à jouer et à me faire cajoler. J'ai même déjà rêvé, à ma grande honte, qu'un incendie les avait complètement carbonisés.

Jamais, au grand jamais, je n'aurais pu soupçonner qu'un livre allait nous rapprocher. Le pouvoir de transformation de ces petits caractères imprimés sur une multitude de pages ne m'avait pas encore été révélé. On ne peut deviner quel livre nous touchera de sa magie.

Ma perception a changé. Je considère maintenant les porteurs de tous ces textes avec plus de déférence. Je me dois de mieux les connaître, de les apprivoiser. De me mettre dans leur peau. Comment m'y prendre ? Écrire un livre ? Cette simple idée me donne le vertige, comme escalader une montagne insurmontable.

Mais ce qui nous semble impossible à accomplir ne doit pas nous empêcher de réaliser le possible. Je pourrais écrire une lettre à l'auteur de l'ouvrage qui nous a fait nous découvrir, ma maîtresse et moi. Un pas à la fois. D'abord un mot. Puis une phrase. Suivre le fil. Chaque pas révèle le suivant…

« Caramel ! »

C'est ainsi que ma maîtresse m'appelle affectueusement. J'ai de la chance d'avoir quelqu'un qui se préoccupe de moi. Je ne veux pas qu'elle s'inquiète et j'accours toujours avec diligence. Nous sommes très près l'un de l'autre. Voilà déjà quelques années que nos destins se sont croisés.

Au début, je n'étais qu'une simple présence. Mais récemment, nous avons développé une véritable relation. Elle me regarde différemment, comme si elle désirait me voir à l'intérieur, découvrir qui je suis vraiment, communiquer avec mon être profond. Elle n'est plus la même depuis qu'elle a lu un livre intitulé Le chat du Dalaï Lama. Je l'ai remarqué, car il y avait un chat sur la couverture. Votre livre! Vous pouvez comprendre que cela a capté mon attention.

Je suis un chat bien ordinaire qui partage son existence avec une humaine en apparence tout à fait ordinaire et je n'ai jamais écrit de livres comme vous qui vivez avec le Dalaï Lama et profitez de sa sagesse.

Votre ouvrage m'a irrésistiblement attiré. Je n'avais jamais lu avant. Mais je n'avais jamais vu de livres écrits par un chat. Et lorsque vous dites que son message n'est pas pour tous, mais seulement pour ceux qui ont une résonance karmique avec vous, je me suis senti interpellé droit au cœur. Et ma maîtresse tout autant, semble-t-il.

Ma vie a changé. Elle a trouvé un sens. L'art de ronronner, c'est l'art d'être heureux. Lorsque je me sens bien et ronronne, cela émet une belle vibration contagieuse qui teinte l'énergie qui m'entoure. Il se produit un effet d'entraînement, d'harmonisation des ondes. Je n'ai qu'à être heureux et à le dégager pour aider ma maîtresse à se sentir mieux.

Quand je ronronne, bien niché contre elle, à ma grande surprise, je perçois vraiment un petit ronronnement dans son ventre. Elle n'en est sûrement pas consciente. Je suis convaincu qu'à force de ronronner sur elle, je vais réussir à élever le taux vibratoire de son chakra.

Parfois j'alterne la pression de mes pattes sur son ventre ou sur son cœur. Mes coussinets moelleux parviennent à ramener son attention vers moi, à lui faire oublier ses soucis. Lorsque sa main me flatte, je peux détecter si elle est distraite ou vraiment présente. Quand elle se perd dans ses pensées, je me frôle contre son cou, lui lèche affectueusement la joue et elle revient, me regarde, sourit.

Alors se vivent des moments de profonde communion. Nous partageons une réelle complicité d'âme à âme. Nous sommes des compagnons de voyage, le temps de notre séjour terrestre.

Je crois que nous, les félins, avons un rôle clé à jouer dans l'évolution de l'univers. Nous apprenons aux humains à ronronner, à restaurer le paradis sur terre.

Ma vie a maintenant un sens, j'ai trouvé ma mission. Vous avez reçu un nom d'ordination pour marquer le début de votre nouvelle vie. Je peux déterminer clairement ce tournant de mon existence.

Cette nuit, en rêve, j'ai vécu un moment de grâce. J'ai perçu une énorme langue de chat agréablement râpeuse qui m'a léché le corps et le visage avec une caresse d'une ineffable tendresse. Une chaleur réconfortante s'est répandue dans tout mon être et j'ai senti que j'étais aimé d'un amour inconditionnel. Mon cœur s'est ouvert. Je reposais, serein, au centre d'une immense fleur de lotus. Ses pétales palpitaient au rythme de mon pouls.

Et puis, j'ai vu Sa Sainteté le Dalaï Lama, souriant et irradiant de lumière. Son regard si doux a rencontré le mien, s'est attardé sur moi, et j'ai su qu'il me voyait tel que j'étais, que nous étions unis dans une même source. J'étais lui, il était moi. Nous sommes tous indissociablement liés.

Je participe de toute mon âme au courant de la vie. J'apporte la contribution de mon petit ronron au déploiement du grand ronronnement cosmique.

Votre livre a changé le cours de mon existence et m'a inspiré cette lettre. C'est un honneur pour moi de vous en faire part.

Avec ma plus profonde gratitude et en toute humilité,

KaRam-El

Poster une lettre vers un autre continent prend sûrement plusieurs jours. Mais lorsque l'on envoie un message dans l'univers, il nous répond toujours, parfois par des voies inattendues.

Une semaine plus tard, ma maîtresse me réserve une surprise. Le panier d'osier où je me repose est installé sur la tablette du bas de la bibliothèque. Il s'agrémente d'un magnifique coussin neuf décoré… d'une fleur de lotus ! Les vibrations que l'on émet sont vraiment très puissantes. Elles ont le pouvoir de changer notre réalité et de matérialiser nos pensées les plus profondes.

Maintenant, je sais avec certitude que je compte autant pour ma maîtresse que les livres. Nous ne sommes plus en compétition. Nous ne l'avons jamais été. Chacun a sa place dans le monde. Ronrrrr…

Se perdre en soi
pour se retrouver.

Elle est...

Jacinthe se dégage avec peine des draps, encore tout ensommeillée dans les brumes d'un indéfinissable vague à l'âme. Elle se dirige vers la fenêtre et, d'un geste hésitant, écarte les rideaux pour jeter un coup d'œil à l'extérieur. Son visage se détourne brusquement sous l'assaut d'un rayon de lumière aveuglant. La superbe journée ensoleillée ne lui donne aucune excuse pour ne pas sortir s'entraîner.

Elle chausse ses espadrilles à contrecœur. Comme elle s'apprête à saisir ses clés, elle renverse le vase de fleurs. Des jacinthes, comme son nom. Pour lui rappeler de prendre soin d'elle, qu'elle le mérite… La flaque d'eau s'étale sur le sol. Tant pis, elle l'essuiera quand elle rentrera. Elle s'empresse de sortir avant que sa volonté ne flanche.

Zut ! Elle a oublié ses clés ! Heureusement, un double est bien camouflé près de la porte d'entrée. Pas de raison de faire demi-tour. Rien dans les mains, rien dans les poches ! La femme dans la cinquantaine marche d'un pas alerte, les épaules aspirant à se délester de tout souci. Elle augmente le rythme, portée par un sursaut de vitalité. Son pouls s'accélère, des gouttelettes de sueur perlent sur ses tempes et dans le creux de son dos. Son cerveau arrive par moment à ne plus ressasser les mêmes pensées…

L'apprentie joggeuse longe les rues familières parcourues tant de fois sans les voir pour retourner chez elle, dans un univers prévisible où elle peut s'y retrouver les yeux fermés. Elle fait un effort pour être présente et remarquer les détails ponctuant le trajet de sa randonnée quotidienne. Un homme rénove le pavé uni de son entrée. Des enfants courent après un ballon. Une vieille dame arrose les fleurs de son parterre et lui sourit au passage.

La coureuse bifurque sur la rue où elle habite, au coin du magasin d'instruments de musique. Elle reconnait avec une certaine exaspération les maisons un peu négligées de ses voisins et puis… et puis ?

Son regard oscille entre deux demeures. Entre deux demeures où ne figure plus l'immeuble avec le balcon où elle a l'habitude de s'assoir pour lire. Incrédules, ses yeux s'obstinent, scrutent le pan de rue. Distorsion spatiale ? Illusion d'optique ? Panique. La silhouette immobile cherche désespérément ses repères familiers.

— Vous vous sentez bien, madame ? s'enquiert une jeune inconnue.

Court-circuit dans son cerveau. Les mots n'arrivent pas à trouver le chemin jusqu'aux lèvres figées. Cri sourd qui résonne à l'intérieur. Fissure de tout l'être. L'âme en déroute tourne sur elle-même, complètement perdue. Tout vacille. La rue bascule. Un grand vide aspire le filet de conscience effarée.

❧

Une voix immatérielle perce le silence ouaté : « Sixième étage ». Jacinthe entrouvre les paupières. Elle est étendue, incapable de bouger comme si elle était ligotée. Des portes s'ouvrent et une lumière éblouissante l'assaille. De chaque côté d'elle, des hommes poussent sa civière dans un interminable couloir. Sur son passage, des vieillards au regard absent ne semblent pas la voir, perdus dans leurs limbes intérieurs. Est-elle morte ? Tout redevient noir.

Elle glisse, glisse, glisse dans les sables mouvants du sablier du temps.

❧

Elle ouvre les yeux. Dans la pénombre, elle ne reconnait pas cette chambre impersonnelle. Ni la grande fenêtre d'où filtre un rayon de lumière par l'interstice des rideaux opaques. Ni l'odeur de désinfectant du parquet et des meubles fraichement nettoyés.

Et soudain, son cœur bondit de joie. Enfin elle s'éveille dans sa chambre d'hôtel au Costa Rica, réalise-t-elle. Son premier voyage, seule et à l'étranger. Une petite folie pour laquelle elle a englouti toutes ses économies.

Elle sort du lit pour tirer les rideaux. Le soleil inonde la pièce. Elle pressent que ce séjour pourrait être le début du prochain chapitre de sa vie. Que l'inattendu la guette au détour pour changer le cours de son existence.

La nouvelle venue s'aventure hors de ses quartiers et s'imprègne de l'atmosphère de ces lieux dont elle a rêvé pendant des semaines. Ses pieds s'enfoncent dans le sable de la plage, le bruit des vagues la berce. Elle gambade comme une petite fille. Se heurte à un obstacle. Chancelle. Devant elle, un individu prostré contre un mur, le regard absent, brise le mirage.

Effrayée, elle fait volte-face. Elle est dans un couloir avec d'innombrables portes identiques. Un véritable labyrinthe dans lequel elle est égarée. Une jeune femme vêtue d'un uniforme blanc s'approche.

— Venez avec moi, madame Jacinthe. Je vous raccompagne à votre chambre.

— Qui êtes-vous ?

— Je suis Marie. Je m'occupe de vous pour la journée.

— Où suis-je ?

— Vous êtes au sixième étage.

— Pourquoi suis-je ici ?

— Vous avez besoin de repos.

— Dans combien de temps vais-je partir ?

— Cela dépendra de vous.

La préposée la conduit jusqu'au fauteuil à côté de son lit. Avant de quitter la pièce, elle installe une imposante barrière dans l'encadrement de la porte. Les intrus inquiétants ne pourront pas s'infiltrer dans sa chambre, constate l'occupante, un peu plus rassurée.

Et elle reste là, pendant des heures interminables, toute seule sur son siège, l'âme en peine.

❧

Les rideaux glissent. S'ouvrent, se ferment. S'ouvrent, se ferment. Rythment le pouls des jours.

Le fil d'une existence s'efface à mesure qu'il se dessine, comme les traces de pas sur la plage par les vagues. Pourtant l'oublieuse subsiste toujours.

Elle n'est pas le trajet parcouru ni tout ce qu'elle a accompli et dont elle a perdu le souvenir. Ni les possessions dont le destin fait table rase du revers de la main.

Elle est celle qui avance contre vents et marées, qui se laisse façonner par le ressac des jours, transformer par les tempêtes et les désastres.

Le temps sculpte son âme.

❧

Les rideaux sont ouverts. On a déposé des serviettes propres et de l'eau fraîche sur la commode. Mue par un réflexe, la recluse se dirige vers la salle de bain attenante. Devant le miroir, elle se bute à l'image d'une femme décharnée, au visage émacié. Se bute à un regard vide comme elle n'en a jamais vu ! Un gouffre sans fond dans lequel elle a peur de tomber. Elle sort à toute épouvante de cette antichambre de la mort. Car ce ne peut être que la Mort, venue pour l'achever.

L'apeurée regarde de loin, en biais, pour s'assurer que la présence menaçante ne la voit pas. Non, elle n'est plus là. La traquée se pare de la serviette comme d'un bouclier.

S'approche avec prudence en rasant le mur de la déraison. Retient son souffle. D'un geste rapide, recouvre le miroir avec la serviette. La Mort ne pourra pas traverser de son côté. La rescapée soupire, soulagée de s'octroyer un sursis.

Elle a perdu son reflet.

Mais il lui reste sa part d'ombre, solidement attachée à ses pieds. Elle se promène avec cette fidèle compagne, détentrice de tous ses secrets oubliés. Voit bien qu'elle s'étiole et se recroqueville un peu plus chaque jour. S'astreint néanmoins à leur marche quotidienne, quelques pas autour du lit. Souffle court. Vertige et éblouissement. Elle s'appuie de la main contre le mur. Ses doigts se resserrent sur leur double si pâle.

Elle s'agrippe à l'ombre de ce qu'elle est.

⁂

Une silhouette ouvre les rideaux. La lumière du jour baigne la pièce.

– Bonjour. Vous avez bien dormi ? s'informe une voix bienveillante.

Le visage rappelle un souvenir confus, trop lointain pour l'identifier.

– Qui êtes-vous ?

– Je suis Marie. Je veille sur vous. Si vous avez besoin de quelque chose, n'hésitez pas, appuyez sur le bouton de la sonnette.

– Où suis-je ?

– Vous êtes au sixième étage.

– Quand vais-je partir ?

– Lorsque vous serez prête.

– Et où vais-je aller ?

– Là où votre cœur aspire à être. Là d'où vous venez. À la maison.

Ces paroles la réconfortent. La délaissée fixe le plafond. Aucun bruit. Rien. Au-delà, c'est le vide, le silence. Le grand inconnu. Au-delà, c'est… le septième… le septième ciel… Toute son attention se concentre pour percevoir l'espace au-delà. Pendant un fugitif instant, elle flotte au centre de cet insondable. Moment d'éternité. Une certitude apaisante l'habite : même si elle ignore le chemin et la façon pour y parvenir, elle se retrouvera à bon port. Là où son cœur aspire à être. Là où elle saura et sera qui elle est vraiment.

☙◦❧

Les rideaux sont tirés, grandes paupières se fermant sur le monde endormi. Dans le silence de la nuit, une douleur aiguë transperce la poitrine de l'ensommeillée. Tension de tout son être. Insoutenable. Elle cherche son souffle. S'arc-boute dans une lutte inégale. S'abandonne. Et les amarres se rompent. Elle se glisse dans l'onde. L'onde la traverse.

La radieuse est une âme qui danse.

Une âme qui chante.

Elle est...

Centenaire

Ses talons claquaient sur le sentier pavé de planches de bois. Un bruit d'une autre époque… À mesure que Josée s'avançait vers le magasin général Dumulon, site historique niché au cœur de la ville de Rouyn-Noranda, le tintamarre des automobiles de l'avenue du Lac s'estompait un peu.

Au moment de franchir le seuil de la porte, elle eut l'impression de traverser la frontière du temps. Des clochettes carillonnèrent pour annoncer son entrée. Derrière le comptoir, deux employées vêtues de costumes d'époque s'affairaient à répondre aux questions de touristes curieux de découvrir les attraits de la région.

Josée observait discrètement le décor d'autrefois si bien conservé. Un calendrier de 1926 pendait sur le mur.

Les étagères regorgeaient de produits divers pour la maison, depuis les poches de farine jusqu'aux seaux de graisse et aux cruches de mélasse ; les bouteilles de sirop guérissant tous les maux côtoyaient les conserves aux étiquettes d'antan. L'employée présentait les denrées en incarnant le personnage avec un accent paysan qui ajoutait encore plus de crédibilité au cachet ancestral du lieu.

Josée s'imaginait déjà avec confiance dans ce rôle de guide. Son programme de formation en tourisme exigeait de compléter un stage. Elle avait eu la chance d'être acceptée à ce kiosque d'information intégré dans un site historique avec visite guidée.

Il importait de produire une première impression favorable. Josée jeta un coup d'œil furtif vers la fenêtre pour observer son reflet dans la vitre. Après avoir replacé une mèche de cheveux récalcitrante, la jeune fille déboutonna sa veste afin de se donner une allure plus décontractée. Au moment où les clients sortaient, elle prit une profonde inspiration et se dirigea d'un pas qui lui sembla assuré vers le comptoir.

– Bonjour ! Je m'appelle Josée Lavoie et je suis la nouvelle stagiaire.

– Nous t'attendions ! On nous a prévenus de ton arrivée. Je suis Nathalie et voici Anne. Au fond, c'est François qui s'occupe de présenter la partie historique de l'évolution de la ville. Pour ma part, je joue le rôle de la tenancière du magasin général et du maître de poste. Anne s'occupe de la visite de la maison familiale située juste à l'arrière et à laquelle on accède par un tunnel souterrain. Pour ta première journée de formation, tu seras observatrice et suivras les visites guidées que nous ferons aujourd'hui. Cela te familiarisera avec ta partie : tu joueras la postière. Voici ton texte que tu pourras assimiler quand il n'y aura pas de clients. Je te montrerai aussi les principaux dépliants et les sources d'information que nous consultons régulièrement. Tu seras prête à plonger dès demain ! Ça va ? Tu ne te sens pas trop débordée ?

– Ça ira. Je suis vraiment contente de cette expérience que vous me permettez d'acquérir. J'ai hâte de découvrir la visite guidée et en particulier ma partie.

Le reste de la journée s'écoula à toute vitesse. Josée assimilait tout ce qu'elle entendait comme une véritable éponge. Elle se rendit ensuite chez une tante qu'elle n'avait pas vue depuis des années et qui avait généreusement accepté de l'héberger pour la durée du stage. La nouvelle apprentie dormit dans un état second, répétant les phrases de son rôle pour se les mettre bien en bouche.

Quand elle se présenta le lendemain matin pour entreprendre sa première journée officielle, on l'accueillit chaleureusement. On lui proposa ensuite de revêtir les vêtements d'époque qui s'ajustaient le mieux à sa taille. Elle choisit une blouse de toile bleu pâle qui s'agençait avec ses yeux et une tunique de laine grise ceinturée d'un cordon de cuir tressé. Elle enfila de longs bas de laine et chaussa des bottillons à bouts arrondis et légèrement usés.

Le miroir lui renvoya un reflet saisissant et tout à fait convaincant. La réaction des autres membres du personnel confirma l'authenticité dégagée par son personnage. Nathalie proposa d'attacher ses cheveux châtains lui effleurant les épaules avec un ruban de velours marin.

– Tu as vraiment l'air d'une employée d'un autre temps, prête à travailler, renchérit Anne, pour lui donner confiance.

– En attendant l'arrivée de clients et la première visite guidée, tu pourrais te familiariser avec les instruments que tu présenteras en t'installant dans la section du bureau de poste. N'oublie pas : les visiteurs n'y entrent pas. Tu t'adresses à eux par la demi-porte ouverte. Prends possession de ton espace et relaxe... autant que tu le peux...

En s'assoyant sur la vieille chaise de bois qui grinça un peu, Josée se sentit soudain habitée par la présence du personnage qui s'emparait d'elle. Comme un souvenir lointain d'une autre vie...

La nouvelle postière révisa les éléments de son domaine : la série de cases de bois identifiées aux noms des habitants et remplies de quelques lettres ou colis, l'antique machine à écrire, la balance à plateau, les petites boîtes métalliques où s'alignaient les caractères pour changer les dates, les tampons encreurs et le marteau à oblitérer dont elle s'empara pour le soupeser. Instinctivement, elle vérifia la date inscrite. Quelle coïncidence ! La date correspondait à celle de la journée actuelle sauf pour l'année : le 25 mai 1932.

Cédant à son impulsion, Josée décida d'estampiller avec ce sceau un feuillet qu'elle conserverait en souvenir de sa première journée de travail dans ce lieu. Son bras s'éleva pour encrer le marteau d'un coup sec et le reporta ensuite sur le papier. Une étrange sensation engourdit sa main. Ses doigts vibrèrent dans l'espace. L'onde se répercuta dans le bras jusqu'à l'épaule et envahit tout le corps. Sa vision se brouilla, un tourbillon vertigineux l'entraîna dans le noir.

Peu à peu, elle retrouva la sensation de son corps. Vacillante, elle ouvrit les yeux, le marteau à oblitérer pesant lourdement dans sa main.

– Ange-Aimée, sors de la lune ! Monsieur Dumulon vient d'arriver avec les sacs de courrier et les boîtes de marchandises. Il faut trier tout cela.

Pourquoi cette femme d'âge mûr, une inconnue, lui parlait-elle avec ce ton autoritaire et l'interpellait-elle d'un autre prénom que le sien ? se demanda Josée, complètement désarçonnée.

Son trouble s'amplifia encore davantage lorsqu'elle constata que les clients dans le magasin étaient tous vêtus en costumes d'époque. Ses collègues de travail s'étaient volatilisés. Bien que dans le même endroit, Josée remarqua certains détails divergents : l'ordinateur et le présentoir de dépliants touristiques avaient disparu ; le coin des souvenirs et des produits régionaux était maintenant encombré de caisses de bois.

Un sentiment de panique s'empara de la jeune stagiaire alors qu'elle se buta à son reflet dans la vitre. Le reflet du visage d'une étrangère aux boucles blondes. Et au-delà de la vitre : des carrioles tirées par des chevaux, un chemin de terre battue, des champs, quelques maisonnettes au loin, aucun édifice qu'elle ne reconnaissait. Il lui fallait bien se rendre à l'évidence : elle avait été téléportée dans le temps, comme par enchantement.

On ne tarderait pas à se rendre compte qu'Ange-Aimée n'était plus tout à fait « elle-même ». Il lui fallait revenir en arrière, ou plutôt « retourner en avant ». Malgré sa confusion, un réflexe la poussa à s'emparer d'un sac postal et à retourner s'asseoir dans le bureau de poste, pour se donner une contenance.

Cet endroit était son point de repère. Comment trouver le chemin du retour ? Josée s'empara à nouveau du marteau à oblitérer et se remit dans la même position. Elle le tourna en tous sens comme pour en extirper le secret. La date inscrite attira son regard comme un aimant. D'une main tremblante, elle saisit les pinces pour agripper les caractères des chiffres de l'année et les changea pour 2014 avec espoir.

Elle inspira profondément pour se calmer et se concentrer. Son bras s'abattit avec détermination pour estampiller la date du retour. La même sensation d'engourdissement se propagea dans tout son être aspiré par un vortex glacial. Josée s'abandonna à cette force irrépressible et réintégra un corps rigide, véritable statue de pierre dont elle était prisonnière. Elle n'arrivait pas à bouger. Sa respiration la ranima graduellement et elle retrouva peu à peu sa mobilité. Ses paupières s'ouvrirent pesamment et elle parvint à tourner la tête.

– Josée ! Tu as l'air de revenir de loin ! Voilà deux fois que je t'appelle et tu ne réponds pas. Prépare-toi, un autobus de touristes se gare dans le stationnement. C'est une visite de groupe avec réservation.

Très peu de temps s'était écoulé pendant son « absence », quelques minutes tout au plus. La fugueuse se ressaisit rapidement et se concentra sur son texte de présentation qu'elle joua avec un ton convaincant en dépit de sa nervosité. La glace était brisée. D'autres visites se succédèrent et Josée s'acclimata avec aisance à ce rythme de travail. L'achalandage augmentait régulièrement à partir de cette période de l'année, d'où la venue appréciée d'une stagiaire.

La journée défila comme un éclair. Josée quitta les lieux, la tête pleine de nouvelles informations. Le tourbillon incessant d'activités l'avait accaparée et maintenant qu'elle s'étendait sur son lit, exténuée, elle ressentait le stress subi après coup.

L'épisode où elle s'était faufilée dans une fissure du temps lui revint en mémoire. Elle se demanda si elle n'avait pas halluciné un bref instant. La panique éprouvée s'était dissipée. La curiosité l'aiguillonnait maintenant.

Être catapultée dans un autre univers sans s'y attendre l'avait prise au dépourvu et effrayée, mais planifier un retour s'avérait une aventure excitante. Son tempérament audacieux reprenait le dessus. Elle tenterait à nouveau l'expérience le matin suivant avant l'arrivée des premiers clients et reviendrait rapidement. Juste un petit saut ! Une brève fugue dans le temps !

Dès son arrivée au magasin, après la rencontre avec l'équipe de travail, elle profita d'un moment de tranquillité et se retira à l'écart pour réviser son texte dans le bureau de poste. Son attitude n'éveilla aucune suspicion, mais donna au contraire l'impression d'une employée consciencieuse.

Une certaine fébrilité l'envahit tout de même. Elle tâcha de se détendre pendant qu'elle modifiait l'année pour la ramener en 1932. Elle encra le marteau à oblitérer et d'un coup confiant, frappa l'endos de son texte. La vibration de la secousse se transmit dans sa main. La sensation s'atténua progressivement pour finalement disparaître. Et puis, plus rien. Il ne s'était rien passé.

Interloquée, Josée fixait le marteau. Ce déplacement n'avait-il été que le fruit du hasard ou de son imagination ? Peut-être valait-il mieux que l'expérience n'ait pas fonctionné ? La voyageuse improvisée aurait pu rester coincée dans le passé. Elle fut reconnaissante d'avoir réussi à revenir.

Bientôt, les touristes affluèrent et le rythme effréné des visites et des informations à communiquer la happa. Les contacts avec les gens la nourrissaient et la valorisaient. Ce premier travail augurait bien. La stagiaire se sentait dans son élément.

Après des années à errer sans but, elle avait trouvé un chemin sur lequel poser ses pas au lieu d'une sortie de traverse pour fuir. Cette conviction la portait alors qu'elle rentrait pour se reposer au terme d'une journée bien remplie.

Mais avant que Josée n'ait réussi à s'endormir et durant son sommeil, son cerveau retournait le problème en tous sens. Pourquoi la seconde tentative n'avait-elle pas donné les résultats escomptés ? La porte du temps franchie par hasard ne s'ouvrait-elle qu'à des moments précis et prévisibles ?

Soudain, une intuition électrisante la parcourut tout entière et l'éveilla en sursaut. Josée se souvint de ce qui l'avait frappée la première fois qu'elle s'était prêtée à ce jeu : la date inscrite sur le marteau à oblitérer correspondait à la date du jour. Le lendemain ne coïncidait plus avec le 25 mai, mais plutôt le 26 !

Convaincue de détenir la clé de l'énigme, Josée ne réussit plus à se rendormir. Elle songea aux possibilités qui s'ouvraient à elle et ressassait son passé. Après ce stage, aucun emploi n'était en vue. Arriverait-elle à déjouer le mauvais sort qui s'acharnait sur elle ? À trouver un travail, à trouver « sa place » ? L'éternelle adolescente n'était pas fiable, elle se défilait tout le temps, voilà ce qu'on lui répétait toujours. L'euphorie confiante de la journée s'atténua et les doutes ressurgirent. N'allait-elle pas tout gâcher comme d'habitude ? On ne tarderait pas à la voir telle qu'elle était vraiment : une irrécupérable instable.

Et si, à la fin du stage, elle transitait définitivement dans le passé ? Elle emprunterait alors une autre direction, un véritable nouveau départ. Les conséquences possibles de son geste lui effleurèrent néanmoins l'esprit. Elle s'apprêtait à voler l'existence d'une inconnue. Mais l'impact de sa vie ou de celle de cette jeune fille d'un autre temps n'altérerait sûrement pas de façon significative le cours de l'histoire. Josée réussirait à se glisser dans les mailles du filet du temps sans causer d'accrocs flagrants. Elle s'en convainquit sans trop d'arrière-pensées.

Mais il fallait d'abord vérifier si elle parvenait à réintégrer cet espace-temps décalé. Ce matin-là, elle se rendit à son travail d'un pas alerte. Elle se sentait comme un agent double doté d'une mission à accomplir. Elle surveilla ses collègues du coin de l'œil afin de profiter du bon moment pour s'éclipser sans attirer l'attention. Nathalie classait des dépliants. Anne et François compilaient des données pour établir des statistiques. Parfait pour un saut de quelques secondes dans l'autre dimension temporelle.

Josée agrippa les fines pinces pour extraire le 7 de la caissette de métal. Elle changea la date pour le 27 mai 1932. Les caractères s'animèrent d'un éclat singulier, hypnotique. Une aura aux couleurs ondoyantes les enrobait.

La voyageuse en transit répéta les gestes avec le sentiment d'effectuer un rituel. Dans un état second, elle éleva le bras. Le marteau s'abattit comme au ralenti. Un bruit sourd retentit à l'infini. Josée se sentit enveloppée par un tourbillon glacial. Une nausée la submergea. Son corps se figea, comme gonflé de plomb. Sa conscience défaillit, aspirée dans un grand trou noir.

❧

En ce 27 mai 1932, jour de son dix-huitième anniversaire, Ange-Aimée contemplait d'un regard satisfait les casiers de bois avec le courrier bien classé et ses instruments soigneusement rangés sur la table. Elle était prête à accueillir les clients. Elle profita d'un moment d'accalmie pour relire une vieille missive qu'elle sortit de sa poche. Elle déplia avec soin les feuillets jaunis. Une légère odeur de lilas s'en dégagea. Dans leurs replis avaient séché quelques fleurs de l'arbre que ses parents avaient planté pour elle. Toute l'attention d'Ange-Aimée se concentra sur les mots précieux laissés par sa mère décédée.

Senneterre, le 27 mai 1914

Ma très chère Ange-Aimée,

C'est aujourd'hui que la grande aventure a commencé. En partance de Montréal, nous avons bifurqué au quai d'Hervey-Jonction pour nous lancer à la conquête d'un espace inconnu, dans le premier train de voyageurs pour Senneterre.

Il y a un mois déjà que partait un convoi avec des wagons de marchandises, d'effets de ménage des colons et d'animaux. Nous nous installerons sur un lot dans la région. Un lot à nous !

Bien sûr, il faudra travailler dur, tout recommencer, mais c'est pour toi, pour t'offrir un foyer, que ton père a décidé de tenter l'aventure. Je l'ai suivi sans hésiter, malgré mon inquiétude. Qui prend mari prend pays... Sans travail et sans ressource, nous ne laissons rien derrière nous, si ce n'est des lieux familiers, des habitudes, de bons voisins. Aucune famille.

Tu es maintenant notre famille. Tous nos rêves s'enracinent sur cette nouvelle terre. Ton premier cri a percé le silence de ces étendues sans fin, en ce jour même de notre arrivée. Ta naissance prématurée, dans un abri de fortune près de l'arrêt du train, marque le début d'une autre vie à construire. Il faut oser découvrir ce que le ciel nous réserve. Il guide nos pas vers notre destin.

Que chacun de tes pas te mène sur le chemin du bonheur, ma petite Ange-Aimée. C'est ce que je te souhaite du plus profond de mon cœur.

Ta mère qui t'aime et veillera toujours sur toi.

Ange-Aimée a parcouru cette lettre avec la même émotion qui la submergeait à chacun de ses anniversaires. Ce rituel lui redonnait un élan pour entamer la nouvelle année qui s'ajoutait.

La jeune fille replia le feuillet, le posa contre son cœur dans un geste de recueillement pour écouter la voix de sa mère au plus profond d'elle. La voix de sa mère partie trop vite. Elle était morte en couches ainsi que l'enfant qu'elle portait alors qu'Ange-Aimée n'avait que cinq ans. Son père, de constitution fragile et morfondu de chagrin, avait été emporté peu de temps après. La rigueur du climat et la dureté du travail physique à accomplir l'avaient terrassé.

Des voisins généreux et sans enfant avaient recueilli la petite orpheline. La vie l'avait ballotée au gré de leurs pérégrinations. Ils s'étaient établis par la suite à Rouyn-Noranda, nouveau territoire en plein essor.

Ange-Aimée était fière de travailler au magasin général des Dumulon. Ce centre névralgique pourvoyait les besoins des colons de la région et comportait même un bureau de poste. Elle s'occupait entre autres de trier les sacs de courrier reçus. Elle s'apprêta à modifier la date de marteau à oblitérer. Elle saisit les pinces pour sélectionner le chiffre 7. Voilà maintenant le 27 mai bien fixé mais… suivi de l'année 2014 ! Qui donc s'était amusé à inscrire cette date futuriste ?

Ange-Aimée imagina son anniversaire en ces temps lointains. Elle serait centenaire ! Mue par une inspiration soudaine, comme pour forcer le sort, elle souleva le marteau à oblitérer et d'un geste ferme, elle marqua sa lettre de ce sceau. Le bruit se répercuta comme un écho dans toute la pièce. L'onde enroba sa main, se propagea dans son bras en une subtile vibration qui s'intensifia dans tout son être. Ange-Aimée ne percevait plus les limites de son corps qui se dissolvaient. Devint une matière aspirée par un vortex. Vertige éblouissant à la limite de l'inconscience.

Peu à peu, elle sentit qu'elle reposait sur une assise en bois dur. Sa vue se précisa graduellement. La vibration s'atténua. D'abord égarée, la jeune fille reconnut petit à petit la pièce : l'espace réservé au bureau de poste. L'écho du bruit du marteau se dissipa, après s'être réfléchi au travers des années dilatées.

Des voix inconnues attirèrent son attention. Des clients aux accoutrements bizarres, les jambes et les bras largement dénudés, gesticulaient sans pudeur ; l'un d'eux parlait tout seul dans une petite plaquette d'un noir lustré. Les employés du magasin, vêtus convenablement pour leur part, lui étaient étrangers.

Ange-Aimée nota quelques modifications dans la disposition des effets. Sur le mur, un cadre ceinturait un écran qui la fascinait. Des photos s'y animaient et parlaient… D'autres clichés s'alignaient sur la cloison voisine. Elle y reconnut l'ouverture du magasin à ses débuts. Puis, des sauts dans le temps évoquaient l'évolution de la ville dans le futur. Qui sait si leur petit bourg n'aurait pas une allure aussi imposante au prochain siècle ?

Une affiche près de la porte annonçait des festivités pour la célébration du centième de la ville d'Amos… en 2014 ! Sidérée, l'employée d'un autre temps jeta un œil par la fenêtre. D'imposants immeubles bordaient des rues pavées. On eût dit une grosse ville. Et toutes ces voitures aux formes inusitées qui défilaient à une vitesse hallucinante…

Le choc temporel ébranla Ange-Aimée. Incrédule, elle resserra ses doigts sur le feuillet dans sa poche. Elle y trouva un point d'ancrage qui empêcha sa raison de chavirer. La voix de sa mère résonna en elle : *Il faut oser découvrir ce que le ciel nous réserve. Il guide nos pas vers notre destin.*

Une détermination nouvelle habitait la jeune fille. Elle ouvrit la porte. Les clochettes carillonnèrent. Marquèrent le passage dans un autre temps. Elle se tint immobile un instant. Son cri muet perça le bruit assourdissant du trafic routier. Une seconde naissance. Dans l'air flottait une légère odeur de lilas… Ange-Aimée franchit le seuil et posa sur cet univers inconnu son regard ébahi de centenaire prématurée.

Au Bistro de la première chance

Clic !

Noémie, la courtière immobilière, déverrouilla la porte d'entrée avec un sourire vraiment satisfait.

— Je crois bien avoir trouvé la perle rare que vous cherchiez, affirma-t-elle d'un ton convaincu.

Jeff pénétra dans le local vacant. Il retenait son souffle tellement il était fébrile. Il posa les premiers pas sur le plancher de bois franc un peu usé qui craquait par endroits.

— Ces vieilles bâtisses ont beaucoup de cachet et le prix de la location est beaucoup moins élevé que celui d'un espace comparable au centre-ville. Ce quartier plus ancien et commercial est très bien situé et intéressant avec

125

ses activités culturelles, galeries d'art et salles de spectacles. Il plairait à coup sûr à votre clientèle cible.

Jeff parcourut l'espace vide des yeux, imagina l'emplacement des tables, de la cuisine à l'arrière du comptoir. Dans le coin sans fenêtres, des artistes émergents présenteraient leur spectacle sur une petite estrade. L'atmosphère conviviale du lieu commençait à prendre forme. Elle enveloppa l'aspirant propriétaire. Il éprouva l'impression d'un endroit déjà vu où il aurait passé beaucoup de temps… où il allait passer beaucoup de temps… Ce sentiment confirma son intuition : il avait déniché le repaire sympathique qu'il cherchait, le point de rendez-vous où se rencontreraient des amis. Voilà ce dont il rêvait. Ce qui se matérialisait.

Noémie lisait sur le visage de son client le contentement et l'excitation. Une étincelle s'allumait dans son regard à chaque fois qu'une bonne idée pour l'aménagement lui traversait l'esprit. Elle avait visé dans le mille avec cette visite.

– Vraiment super ! Beaucoup de potentiel. Et ça semble quand même dans un assez bon état malgré l'âge de l'édifice. Bien sûr, il faudrait peinturer pour rafraîchir, mais une fois meublé et décoré, ça dégagera une belle ambiance.

– Si le lieu vous intéresse, il faudrait vous décider sans trop tarder, car il risque de se louer très vite. Il s'agit vraiment d'une bonne affaire.

Jeff se sentit bousculé à l'idée du grand saut imminent qu'il s'apprêtait à faire. Il aurait préféré mûrir sa décision. Son insécurité le poussait depuis toujours à une prudence excessive. Mais s'il voulait réussir en affaires, il devait apprendre à réagir rapidement et à ne pas laisser filer une opportunité en or. Il inspira profondément et lâcha :

– Je le prends !

Il trouverait difficilement mieux à pareil prix. Il avait pris la bonne décision, se rassurait-il, impressionné par son audace.

❦

Dès le lendemain matin, il nettoyait la place, enlevait le papier peint défraîchi en vue de repeindre les murs. Son corps s'activait au rythme de la musique, complètement absorbé dans sa bulle. Une silhouette familière lui faisait des signes de la main dans la vitrine. Il finit par la remarquer. À sa grande surprise, il reconnut un ancien camarade de classe :

– Salut Guillaume ! Qu'est-ce que tu fais dans les environs ?

– Je travaille au refuge de sans-abri quelques jours par semaine. Je m'occupe de la comptabilité. C'est une première expérience dans mon domaine. Et toi, tu t'adonnes à la peinture ?

– Mieux que ça ! Tu as devant toi le propriétaire d'un futur bistro. Après avoir travaillé comme aide-cuisinier, je me sentais prêt à ouvrir mon propre restaurant.

– Super ! Si tu cherches quelqu'un pour tenir ta comptabilité, je te ferais un bon prix. Je dois construire ma clientèle.

– Je n'y avais pas pensé, mais ton offre tombe à point. Ça m'enlèverait vraiment une épine du pied que tu t'occupes de la paperasse.

Jeff se réjouit d'encourager un ami avec lequel il avait partagé des cours au secondaire. Guillaume était sérieux et un véritable as dans les chiffres. Ses affaires seraient entre bonnes mains.

– Si tu as besoin d'aide pour la peinture, je serais libre demain.

– Ça tombe bien. Comme c'est samedi, il y aura quelques autres personnes qui viendront pour donner un coup de main. Je te les présenterai. À plusieurs, les travaux avanceront rondement.

– J'en profiterai pour muscler mes gros bras, plaisanta le nouveau comptable en se moquant de sa frêle constitution.

– Merci Guillaume. À demain !

⊱∾⊰

Ponctuel comme toujours, Guillaume arriva le premier. Jeff l'accueillit avec entrain. Il fut suivi peu de temps après par un autre de ses fidèles amis :

– J'ai amené du renfort, annonça Thomas. Mon père, qui est un excellent menuisier, a accepté de nous donner un coup de pouce. Nous avons aussi apporté quelques outils dans mon camion.

– Merci beaucoup monsieur. C'est vraiment aimable de votre part de venir m'aider.

– Appelle-moi Antoine. Ça me fait plaisir d'être utile. Je sais ce que c'est que de partir en affaires. J'ai déjà eu une quincaillerie. Au début, c'est beaucoup d'ouvrage, mais une fois qu'on est bien établi, ça en vaut la peine. Être son propre patron, il n'y a rien qui bat ça. As-tu un petit contrat pour moi ? Profites-en ! Aujourd'hui, c'est gratuit !

– Je comptais construire une estrade dans ce coin pour des spectacles. Mais je dois vous avouer que je ne sais pas trop par quel bout commencer. Il faudrait acheter les matériaux.

– Pas de problème. Je vais te monter ça le temps de le dire. Donne-moi les dimensions et je m'occupe du reste.

Antoine entreprit avec confiance ce projet plutôt simple pour lui. Ses habiletés manuelles n'étaient pas rouillées. Ces jeunes-là étaient de véritables virtuoses quand il s'agissait d'utiliser des gadgets électroniques, mais ils n'étaient pas capables de planter un clou sans se taper sur les doigts, songeait-il, fier de l'aide réelle qu'il apportait.

Mais ce qu'il appréciait plus que tout, c'était de passer du temps avec son fils, d'apprendre à le connaître, de découvrir son univers et ses amis. Cela lui faisait chaud au cœur qu'il l'ait contacté pour lui proposer de participer à cette corvée.

Comme il avait bien fait d'oser renouer avec son Thomas après toutes ces années d'abandon. Antoine était tellement reconnaissant qu'il ait accepté de le rencontrer une première fois et de l'intégrer dans sa vie. Il en remerciait le ciel. Voilà une journée comme il les aimait : utile et en agréable compagnie.

Les plus gros travaux avaient été effectués dans la bonne humeur et resserraient les liens d'amitié qui se développaient entre Guillaume et Thomas. Jeff, encouragé des progrès, fut à même de poursuivre seul le reste de la semaine. Car il y avait encore beaucoup à faire, à planifier, à acheter, à décider…

Les journées filaient à toute allure ; de nouvelles démarches et des imprévus surgissaient. Le rythme effréné l'étourdissait. Le stress alternait avec l'excitation. L'ouverture arrivait à grands pas déjà ! Il attendait aussi avec impatience une réponse qui s'acheminait lentement vers lui par la poste, une réponse qui allait faire toute la différence pour lancer son commerce…

☙❧

La précieuse enveloppe reposait entre les mains de Phil, qui parcourait l'itinéraire habituel de son trajet postal. Mais aujourd'hui, rien à ses yeux ne paraissait habituel. Son pas léger et vif effleurait à peine le sol tellement tout son être éclatait de bonheur. Le célibataire invétéré qu'il était avait enfin réussi à établir un contact avec une résidente du quartier vivant en véritable recluse. Sa patience et son ingéniosité avaient fini par porter fruit tout en intensifiant la flamme des sentiments qu'il éprouvait pour elle.

Son Éléonore occupait toutes ses pensées et colorait tout ce qu'il voyait d'une aura de joie. Il n'était plus le simple spectateur du bonheur des autres. Les enfants qui s'amusaient en courant et en criant dans la rue, les piétons qui le croisaient et lui souriaient, tout lui confirmait qu'il faisait maintenant partie de ces gens heureux. Oui, il y avait vraiment une place pour lui aussi…

Phil sortit de sa rêverie pour réintégrer son rôle de facteur et se concentra sur la prochaine enveloppe à délivrer. Elle portait l'adresse de l'édifice récemment loué où l'on s'affairait à rénover. Il allait enfin connaître le nouveau propriétaire. Il frappa et entra dans la place un peu encombrée et sentant la peinture fraîche.

– Monsieur Jeff Langlois ?

– C'est moi.

– Vous avez une lettre du gouvernement requérant votre signature. Quel genre de commerce allez-vous ouvrir ?

– Ce sera un bistro avec une bonne cuisine. L'ouverture officielle aura lieu dans deux semaines. Venez donc y faire un tour avec des amis.

– Certainement. Il faut encourager les gens de la place. Je vous souhaite la meilleure des chances avec votre entreprise et bonne journée !

– Merci. Bonne journée à vous également. À la prochaine !

Jeff tenait entre ses mains la réponse tant attendue. Tout à coup, il n'osait plus l'ouvrir. L'excitation se mêlait à la crainte d'une déception. Il prit une profonde inspiration et, les mains un peu tremblantes, décacheta l'enveloppe d'un geste sec. Il parcourut fébrilement les premières lignes.

Oh non ! La subvention sur laquelle il comptait lui était refusée. Pourtant, l'affaire était dans le sac, lui avait assuré le conseiller financier qu'il avait consulté dans le cadre du programme pour jeunes entrepreneurs. Son dossier et son plan d'affaires étaient excellents. Ah ! les fameuses coupures de budget !

Son estomac se noua. La panique l'envahit. Il songea aux employés qu'il fallait engager : un aide-cuisinier et au moins une serveuse aux tables, préférablement deux les soirs d'affluence. Il n'allait pas y arriver seulement avec ses économies. Il voyait les dettes s'amonceler. Il basculait dans le gouffre sans fond de la faillite. La nausée le submergea. « Je ne dois pas me laisser entraîner dans cette dérive », se ressaisit Jeff.

Il se força à respirer plus lentement pour retrouver ses esprits. S'il avait attendu de recevoir cette réponse avant de s'engager dans cette aventure, il ne l'aurait sûrement pas fait. Cette subvention, quoique modeste, lui aurait apporté une marge de manœuvre en attendant les profits pour rentabiliser son investissement. Maintenant, il était serré à la gorge. Il lui faudrait redoubler d'efficacité et de stratégie pour réussir. Mais ce n'était pas impossible. Une partie de lui le souhaitait tellement.

Le budget pour la publicité venait de se volatiliser. Il fallait utiliser des ressources gratuites. Il avait annoncé l'ouverture sur sa page *Facebook*, comptant sur ses amis pour partager la nouvelle. Il prévoyait aussi d'inviter des artistes amateurs ou semi-professionnels pour leur permettre de se faire connaître et afin d'attirer de la clientèle. Des peintres pourraient décorer les murs de leurs toiles. Des chanteurs ou musiciens présenteraient de petits spectacles et créeraient une belle ambiance. Il conçut lui-même l'annonce pour offrir cette opportunité et l'afficha sur les babillards de divers endroits publics.

Y aurait-il des artistes, même amateurs, qui oseraient s'aventurer chez lui, sur un bateau qui s'apprêtait à couler avant même d'avoir pris le large ? Il espéra que le bouche-à-oreille saurait rejoindre les talents qui attendaient dans l'ombre pour être découverts.

Jeff se lança dans une chasse aux aubaines sur Internet et dans les magasins de seconde main. Pas question d'acheter de l'équipement neuf trop dispendieux pour la cuisine. Par chance, Noémie lui avait déniché une caisse enregistreuse ainsi que des tables et chaises usagées d'un autre établissement qui fermait ses portes. Le propriétaire liquidait le tout à rabais. Après un bon nettoyage et quelques réparations mineures, cet ameublement convenait parfaitement pour recevoir ses clients. Jeff observait avec satisfaction la façon dont il avait disposé les tables pour maximiser l'utilisation de l'espace tout en assurant une bonne circulation. Avec de belles nappes et une mise en place stylisée, son bistro aurait du cachet.

Sur l'estrade trônait le piano que lui avait laissé en héritage une tante qui l'affectionnait beaucoup depuis son enfance. Bien que très à l'étroit dans son appartement, il n'avait jamais pu se résoudre à s'en départir. Il y avait joué ses premières notes. Encore en excellent état, l'instrument allait retrouver ici sa véritable vocation.

La décoration du lieu viendrait apporter la touche finale pour créer l'atmosphère décontractée et bohème chic qu'il souhaitait. Mais il n'y avait pas de temps à perdre, car il restait encore beaucoup de détails à finaliser. Le bruit insistant d'un inconnu qui tambourinait à la porte le tira de ses pensées. Il alla ouvrir, intrigué.

– Bonjour monsieur ! J'ai vu sur l'annonce dans votre vitrine que vous alliez ouvrir prochainement votre restaurant. J'achève une formation en cuisine et je dois trouver un endroit pour effectuer un stage de trois semaines. Je travaillerais gratuitement et vous auriez à me superviser et remplir un court rapport. Je me demandais si vous n'auriez pas besoin d'un stagiaire pour vous assister.

Jeff n'en croyait pas ses oreilles. Cette offre ne pouvait tomber plus à point. Elle était inespérée.

— Serais-tu disponible dès lundi prochain ? L'ouverture est prévue pour jeudi. Tu pourrais m'aider pour l'installation de la cuisine, participer à l'élaboration du menu, faire les achats des denrées et préparer les aliments pour accélérer le service. Tu cuisinerais même certains plats. Te sens-tu d'attaque pour un programme aussi chargé ?

— C'est vraiment au-delà de mes espérances, répondit Dany, l'air radieux. Ce sera une bonne expérience pour moi de participer à toutes ces étapes. Je suis tellement content de travailler dans un type d'établissement comme le vôtre. Pourriez-vous remplir ce formulaire pour confirmer que vous m'acceptez comme stagiaire et le signer ?

Jeff s'acquitta de cette formalité avec plaisir. Il éprouvait un tel soulagement. Il avait vraiment besoin d'un aide à la cuisine. Ce jeune homme lui inspirait confiance.

— À lundi sans faute ! confirma le futur apprenti en lui serrant la main avec enthousiasme.

❦

Carlo se dirigea vers le fond du bistro pour y déposer sur le piano le bouquet que l'on avait commandé. Des jacinthes dessinaient les lignes principales de l'arrangement. Elles se mariaient harmonieusement aux touffes de *Diphylleia Grayi*, communément appelées *fleurs-squelettes*, une des variétés de fleurs rares dont sa boutique avait la spécialité.

La cliente avait été ravie par la suggestion de ce spécimen dont les pétales blancs, lorsqu'ils étaient aspergés d'eau, devenaient transparents comme du verre finement sculpté. Cette fleur singulière évoquait parfaitement l'âme de son amie défunte à laquelle elle désirait rendre hommage.

Carlo avait décidé d'effectuer lui-même cette livraison sur le chemin de son retour chez lui. Le fleuriste qu'il était ne put s'empêcher de remarquer les toiles qui ornaient tous les murs. L'une d'entre elles l'attira particulièrement. Ces fleurs indéfinissables le touchaient plus qu'aucune fleur réelle ne l'avait jamais fait. Une impression subtile s'en dégageait. Il était captivé sans trop savoir par quel pouvoir.

— Vous aimez les fleurs ? s'informa une voix douce.

— Évidemment. Je suis fleuriste. Ce tableau est vraiment unique.

— Merci. Je me sens un peu nerveuse. C'est ma première exposition. Lorsque j'ai vu l'annonce qui offrait un espace pour présenter les artistes émergents, j'ai décidé de tenter ma chance. Je me demande si ce n'est pas prématuré ou prétentieux de ma part.

— Pas du tout. Vous avez un réel talent.

— Je le tiens de mon père qui est un peintre. Il m'a dit de me laisser d'abord imprégner par ce que le paysage, la fleur ou le sujet dégage et me fait ressentir. Je tente ensuite de le transmettre dans ma toile afin que le spectateur soit touché à son tour.

– Vous avez vraiment réussi à saisir l'essence des fleurs. Elles vous reflètent. Ce sont vos fleurs intérieures. Elles sont magnifiques.

Janie baissa la tête, légèrement intimidée par ce compliment qu'il lui adressait indirectement. Elle intégrait cette vérité, découvrait sa propre beauté qui s'exprimait à travers ses œuvres.

Le fleuriste contemplait l'artiste silencieuse. Un rayon de lumière encerclait le couple et la toile. Carlo sentit la présence de sa grand-mère, Rosalie, décédée au cours des derniers mois. Elle aurait aimé cette toile et cette jeune fille. Il eut l'impression que son sourire chaleureux les enveloppait, lui donnait son assentiment, comme un signe du destin.

– Je l'achète, annonça Carlo. Elle sera parfaite dans ma boutique derrière le comptoir. Les clients pourront l'admirer.

– C'est ma première vente !

– Alors, il faut fêter cela… Janie, ajouta-t-il après avoir vérifié la signature au bas de la toile. Et moi, c'est Carlo. Je peux t'inviter à prendre un verre ?

Elle accepta d'un signe de tête discret. Carlo tira la chaise d'une table à proximité et ils s'assirent. La délicieuse odeur qui flottait de la cuisine lui rappela qu'il avait faim et n'avait rien de prévu pour le souper et la soirée. Cette rencontre impromptue brisait agréablement sa routine.

L'apéritif les amena tout naturellement à partager le

repas du jour proposé dans le menu et recommandé par la serveuse souriante. Le propriétaire, qui se promenait entre les tables pour accueillir les clients, l'appela :

— Ange-Aimée, tu sers mes amis aux frais de la maison, lui dit-il en désignant la table où siégeaient Guillaume, Thomas et Antoine.

Jeff était si fier de les recevoir dans l'*après* du projet de rénovation dont ils avaient vu l'*avant*.

— Je vous remercie beaucoup d'être venus. Vous m'avez donné un solide coup de main. Je vous dois bien un bon repas. Et puis, cela attire davantage de monde. Les gens n'entrent pas dans un endroit vide.

— C'est vraiment une belle place que tu as là. C'est sympathique. Je suis sûr que ça marchera bien pour toi, le félicita Antoine.

— Une fois que le bouche-à-oreille commencera à répandre les bons commentaires, les clients afflueront. Il faut se donner du temps au début. La première impression est excellente. Bravo Jeff ! À ton succès ! lança Guillaume en levant son verre de bière et en trinquant avec ses compagnons.

— Au meilleur bistro en ville ! renchérit Thomas.

Antoine admirait l'endroit qui s'était métamorphosé depuis leur première visite. Il approuvait d'un regard connaisseur la finition des travaux. Il était surtout fier de son Thomas, serviable et entouré de bons amis. Il n'avait pas si mal tourné malgré l'abandon par son père. Antoine appréciait ce temps de célébration auquel on l'avait inclus. Il se sentait bien ici. Cela deviendrait peut-être un point de rencontre où ils continueraient de se voir.

Il comprenait bien l'excitation de Jeff qui voulait être partout à la fois. Ce dernier partageait son temps entre la caisse, l'accueil des clients et la supervision de la cuisine.

– Tu tiens le coup, Dany ?

– Tout est sous contrôle, chef ! répondit-il, le regard brillant.

Il s'affairait avec diligence, valorisé par les responsabilités qui lui avaient été confiées. Heureusement qu'ils avaient préparé tout ce qu'ils pouvaient. Il ne restait qu'à monter les assiettes et à cuire les portions de viandes à la dernière minute au fil des commandes. Dany s'appliquait à bien respecter les consignes reçues pour la présentation des mets.

Jeff remarqua avec satisfaction l'arrivée de quelques « vrais » clients qu'il salua au passage. Il ne put également s'empêcher de sourire en constatant que Guillaume, qu'il avait toujours connu très réservé, ne quittait pas des yeux Ange-Aimée et la suivait avec un intérêt évident.

Des étincelles court-circuitaient les ondes du cerveau si rationnel du jeune comptable. Un émoi nouveau pour lui le déstabilisait tout en créant un état d'euphorie dont n'était nullement responsable la bière à peine entamée que sa main ébahie tenait comme si elle avait oublié le chemin pour se rendre jusqu'à ses lèvres.

Guillaume se donna un ultimatum : il devait parler à cette serveuse et l'inviter pour une sortie d'ici la fin de la soirée. Il se sentait aussi nerveux que lors d'une entrevue pour un emploi. Il fallait produire une première bonne impression. Le fait qu'il connaisse son patron constituait déjà une certaine référence, songeait-il en relevant ses atouts potentiels. Il répétait mentalement différentes phrases pour établir la conversation avec elle. Rien ne convenait. Tout lui semblait banal et cliché.

Son regard se porta sur un couple plus âgé à une table voisine. Guillaume se voyait dans le futur en espérant une telle relation. L'homme contemplait sa compagne avec une adoration non voilée. Son visage lui sembla familier. Ah oui ! Il s'agissait du facteur. Il ne l'avait pas reconnu sans son uniforme de travail. Il le découvrait sous un autre jour. On sait bien peu de choses des gens que l'on croise dans la rue.

— Tu es absolument magnifique ! dit Phil en tentant de rassurer Éléonore.

— C'est vraiment grâce à toi que j'ai osé me lancer dans cette aventure. Mais je suis contente d'apporter ma contribution pour l'ouverture du bistro de Jeff. Je l'ai rencontré lors des funérailles de sa tante, ma meilleure amie Jacinthe. Il lui était très attaché. Je sais qu'elle aimerait que je fasse cela. Nous nous sommes connues alors que nous chantions dans la chorale. Elle m'a toujours encouragée et croyait dans mon talent. Je vais interpréter sa chanson préférée.

Éléonore observa avec satisfaction le bouquet qu'elle avait commandé pour décorer le piano. Il ajoutait une note personnelle et élégante. Elle se sentait nerveuse à l'idée de performer en public après avoir été si longtemps recluse. Mais Phil était venu vers elle et lui avait tendu la main. Il l'avait sortie de sa solitude et ramenée dans le courant de la vie.

Lorsqu'il lui avait fait part de l'annonce où l'on recherchait des talents pour le bistro, cela lui avait semblé une occasion idéale pour remonter sur les planches. L'endroit plutôt intimiste convenait parfaitement pour ses premiers pas. Un pas de géant pour elle…

Elle s'était remise à ses exercices de chant, pratiquait ses vocalises, animée à nouveau par sa passion trop longtemps étouffée. Elle avait même acheté une robe pour l'occasion. Sa teinte pourpre donnait un beau reflet mauve à ses yeux d'un gris changeant. La dentelle délicate du col ajoutait une touche de raffinement tout en étant très à la mode. Éléonore était même allée chez le coiffeur ! Voilà une éternité qu'elle ne s'était pas occupée d'elle ainsi. Le trac la gagnait de plus en plus à mesure que la soirée avançait.

Jeff monta sur l'estrade pour s'adresser aux clients :

– Bonsoir à vous tous et merci d'être venus si nombreux. C'est avec un immense plaisir que nous vous ouvrons enfin nos portes. Nous espérons que le *Bistro de la première chance* deviendra pour vous un point de rendez-vous régulier et que vous apprécierez les talents que vous aurez l'occasion de découvrir ici. Pour inaugurer notre programmation musicale, je vous demande d'accueillir très chaleureusement notre première interprète, madame Éléonore Grandbois.

Lorsqu'elle entendit son nom, Éléonore se leva comme un automate et monta sur la scène. Elle avait les mains moites, son visage était tout engourdi, la tête lui bourdonnait et semblait s'être vidée des paroles apprises. Jeff lui serra les mains et la regarda calmement dans les yeux. Elle se recentra.

– J'aimerais dédier cette chanson à la mémoire de mon amie Jacinthe, décédée récemment. Et à chacun de vous. Que ces paroles vous touchent et vous accompagnent dans votre cheminement.

Éléonore se recueillit, se pénétra de la présence de Jacinthe. Elle sentit l'énergie de son amie qui la portait lorsqu'elle émit les premières notes de l'Hallelujah de Leonard Cohen. Toute l'assistance écoutait, subjuguée. Les mots parlaient à chacun, les notes vibraient du piano, résonnaient dans chaque être, les unissaient dans l'instant partagé.

Du cœur du bistro, l'onde sonore se réverbéra bien au-delà dans l'espace, traversa les cloisons, voyagea dans la rue avoisinante pour diminuer progressivement jusqu'à ne devenir qu'un son à peine perceptible. Les oreilles d'un chat abandonné le captèrent.

Cette petite âme en peine fouillait dans les poubelles d'une ruelle, à la recherche de sa pitance ou d'une souris fraîche. Comment un chat aussi évolué et choyé s'était-il retrouvé aussi bas ? Après lui avoir tout donné, la vie lui avait tout repris. Pourquoi le sort se montrait-il aussi cruel et injuste à son endroit ? se demandait-il. Il ne comprenait pas…

Alors qu'il sombrait dans le désespoir, la musique lui rappela sa maîtresse qui aimait le bercer en écoutant ses airs favoris. Son instinct le poussa à marcher vers la provenance du son. Son intensité augmentait graduellement, confirmant qu'il avançait dans la bonne direction.

Il se surprit à ronronner. Cela ne lui était pas arrivé

depuis si longtemps. L'euphorie le gagnait. Il venait de reconnaître la chanson préférée de sa maîtresse. Toute la tendresse et l'affection qu'elle lui témoignait en le caressant au son de cette mélodie l'envahirent à nouveau. Lorsqu'il arriva à la porte arrière du bistro, il se cala confortablement sur la galerie. Il vibrait de tout son être.

Quand la dernière note s'éteignit dans les airs, un long silence la suivit. Un silence qui portait tous les spectateurs suspendus aux lèvres d'Éléonore. Un silence riche de toute l'énergie que l'interprète avait mise dans les mots, de toute l'énergie de ceux qui avaient écouté ces mots. Et puis les applaudissements éclatèrent. Éléonore reçut cette vague d'amour du public. Elle se sentit renaître.

Lorsqu'elle retourna à sa table, elle franchit littéralement l'espace. Rayonnante, elle n'était plus tout à fait la même… mais davantage elle-même. Plus forte de la peur surmontée. Plus sensible et vulnérable de l'émotion à laquelle elle s'était entièrement abandonnée. Plus ouverte à tout ce qui l'entourait.

Elle écouta avec intérêt le jeune groupe qui anima le reste de la soirée avec une musique au rythme plus rapide et contribuant à l'atmosphère conviviale. La trame sonore se mêlait aux bribes de conversations, créant une toile de fond sur laquelle s'échangeaient des plaisanteries, se partageaient des confidences. Sur cette toile de fond, le destin tissait des liens.

À la fin de la soirée, lorsque Carlo quitta les lieux et raccompagna Janie, une complicité les reliait. Leurs cœurs battaient la chamade, à la fois effrayés d'être déçus, blessés, mais exubérants d'espoir face au chemin à partager qui se dessinait devant eux.

– J'ai vraiment hâte d'accrocher ta toile dans ma boutique, lui confia-t-il. Mais j'y songe, tu pourrais me laisser quelques œuvres en consignation. Très souvent, les clients qui achètent des fleurs sont aussi à la recherche d'une idée de cadeau. Je suis sûr que tes peintures se vendraient facilement et elles décoreraient tellement bien mon étalage. Qu'en dis-tu ?

– Je ne m'attendais pas à ce que cette exposition m'apporte autant de débouchés. Ton commerce me ferait un bon point de vente. Merci de m'encourager ainsi !

– Tu le mérites. Je ne doute pas que je fais une excellente affaire moi aussi.

Carlo se sentait protecteur à son endroit. Il avait l'impression d'avoir trouvé la fleur rare qu'il recherchait et qu'il aimerait entourer de soins délicats. Il se rapprocha de Janie et enlaça ses épaules. Elle accepta son étreinte avec confiance. Sur le sol, les ombres de leurs silhouettes se fondirent en une seule.

La vision de ce couple qui se formait inspira Guillaume à oser poursuivre la conversation avec Ange-Aimée alors qu'ils quittaient le bistro.

– Il y a longtemps que tu habites dans cette ville ? l'interrogea-t-il.

– J'y suis revenue il y a quelques mois. Un matin, je me suis réveillée complètement amnésique chez une dame que je ne reconnaissais pas et qui est ma tante. J'habitais chez elle pour un stage en tourisme dans une ville en région. Je ne me souviens même pas de la formation que j'ai reçue. Les médecins m'ont examinée et, physiquement, tout va bien. D'après mes papiers, j'habite dans ce quartier. J'ai pensé que de revenir dans mon appartement était la meilleure chose à faire. Lorsque j'ai vu l'annonce où l'on demandait une serveuse pour le nouveau bistro, cela me convenait. J'aime le contact avec les gens. Servir les repas est une tâche dans laquelle je me sens à l'aise.

– Ce doit être vraiment spécial de ne plus se souvenir de rien… commenta Guillaume, intrigué par ses confidences et flatté de la confiance qu'elle lui témoignait en s'ouvrant aussi librement à lui.

– Quand je vois tous les problèmes que les gens se créent parce qu'ils s'accrochent à un passé qu'ils ne peuvent changer, tout ce qu'ils n'osent pas entreprendre à cause de souvenirs de mauvaises expériences, je me dis qu'il s'agit peut-être d'une bénédiction. Tout est possible quand on a oublié ses peurs et ses blessures…

– En effet. Une petite cure d'amnésie nous ferait à tous le plus grand bien sans doute, ajouta-t-il en plaisantant. Mais il ne faut surtout pas oublier notre rendez-vous au cinéma samedi en matinée, avant ton travail.

Elle rit avec lui. Tout semblait si facile.

Leur rire attira l'attention de Phil et Éléonore qui sortaient à leur tour du bistro. Ils échangèrent un regard attendri devant la bonne entente toute naturelle qui se dégageait entre la serveuse et son ami.

Éléonore se sentait aussi intimidée qu'une jeune fille. Il y avait si longtemps qu'on ne lui avait pas fait la cour. Phil serait-il encore intéressé par elle quand il la connaîtrait davantage ?

Ils se dirigèrent vers la voiture. Phil lui ouvrit la portière. Au moment où Éléonore s'apprêtait à s'asseoir, un chat lui frôla les jambes et sauta sur le siège. Il avait suivi celle dont la voix l'avait ramené à la vie. Elle le prit entre ses mains et le flatta.

– Mais c'est Caramel, le chat de Jacinthe ! Je reconnais cette tache en forme de cœur entre ses yeux. Personne ne savait ce qu'il était devenu. Il avait disparu depuis qu'on avait interné sa maîtresse, comme s'il avait eu peur qu'on lui réserve le même sort…

Éléonore s'assit et le déposa sur elle. Il ronronnait contre son ventre.

– Lors de ma dernière visite chez le vétérinaire, celui-ci m'a dit que ma vieille chatte Micha n'en avait plus pour très longtemps. Je crois bien que j'ai trouvé le compagnon pour prendre sa relève.

En entendant ces mots, Caramel sut que sa vie retrouvait un sens. Il allait bien s'occuper de sa nouvelle maîtresse. Son ronron contagieux lui apprendrait à vibrer de bonheur.

Il croyait avoir tout perdu, il n'avait plus de but. Le destin venait de changer le cours de son existence. Après avoir fermé une porte, il en ouvrait une nouvelle. Il s'apprêtait à en faire tout autant pour Jeff.

Les clients étaient presque tous partis. Plusieurs avaient émis de bons commentaires. Noémie le félicita, très contente pour lui.

– Je ne reconnais plus le local vacant que je t'ai fait visiter. Quelle belle transformation !

— Je te dois une fière chandelle pour avoir déniché l'endroit et une partie de l'équipement à bon prix. Merci encore. Tu as vraiment du flair.

— La meilleure preuve de son flair, c'est qu'elle m'a choisi comme partenaire, ajouta son nouveau conjoint avec humour.

Ils éclatèrent de rire. Émue, Noémie s'étonnait encore d'entendre sa propre voix résonner de joie. Une joie qui vibrait dans chaque fibre de son être. Comme elle avait bien fait de suivre l'homme qu'elle aimait dans cette ville, de croire à un nouveau départ possible.

— Au plaisir de vous revoir, les salua Jeff.

Seule s'attardait encore à une table une femme qui griffonnait des notes sur un calepin. Il s'approcha d'elle et s'informa :

— Vous avez aimé votre soirée ?

— Tout à fait. L'interprète qui a ouvert la programmation était vraiment remarquable. Quelle belle découverte !

— Je vous reconnais, je crois. Vous êtes Sophie Beauregard, la chroniqueuse culturelle, n'est-ce pas ?

— En effet, c'est bien moi. J'adore les petites places comme la vôtre qui donnent leur première chance à des artistes pour se faire connaître. J'ai eu l'idée d'écrire un reportage sur ces lieux qui servent de tremplin à des artistes maintenant reconnus auprès du grand public.

— C'est vraiment un privilège que vous ayez été ici pour notre ouverture.

— J'étais dans les environs pour une entrevue. J'aime bien découvrir de nouveaux endroits. En fait, un groupe de musiciens m'a chargé de faire du repérage pour trouver un bistro dans votre style afin de servir de lieu de tournage pour leur prochain vidéoclip. Cela constituerait une expérience unique pour vos clients, sans compter qu'il y aurait une compensation financière offerte. Cela vous intéresserait ?

– Et comment ! Cela donnerait encore plus de crédibilité à ceux qui feront leurs débuts ici, sans compter la publicité pour mon commerce.

– Puis-je prendre quelques photos pour les leur soumettre avec vos coordonnées ?

– Bien sûr ! Il y aurait également la possibilité de faire des ajustements à leur convenance. Je ne sais comment vous remercier pour cette opportunité.

– Il n'y a pas de quoi. Je rends service à des amis et vous m'avez donné l'idée pour mon prochain article. Vous aurez des nouvelles bientôt.

Jeff l'escorta jusqu'à la sortie. Après avoir fait sa caisse, il procéda à une dernière inspection de la cuisine où Dany achevait de nettoyer le plan de travail.

– Bravo Dany ! Tu as fait du bon boulot. Je n'y serais pas arrivé sans toi.

– J'aime vraiment cuisiner. Préparer des repas que les gens vont partager en bonne compagnie, pour célébrer une occasion spéciale ou passer un bon moment ensemble, il n'y a pas de plus beau métier.

Jeff appréciait la motivation de Dany. Cet apprenti était dans son élément. Une belle complicité régnait déjà entre eux. Il se sentait à l'aise comme avec un ami de longue date. Un ami qui serait là encore longtemps…

Ils sortirent ensemble. Jeff tenait fièrement sa clé de

nouveau propriétaire. Comme il s'apprêtait à verrouiller la porte du bistro pour clore cette première journée de son aventure comme restaurateur, il leva les yeux au ciel et confia à Dany :

— Il y a sûrement une bonne étoile qui veille sur moi. Quel coup de chance, cette offre pour un tournage ! J'espère que le destin réserve également à cette chroniqueuse une belle surprise.

Clic !

❧

De sa chambre d'hôtel, Sophie contemplait le ciel étoilé. Quelque part au loin, cet auteur qui ne quittait plus ses pensées depuis qu'elle l'avait rencontré, fixait peut-être lui aussi cette étoile plus brillante. Il venait de lui envoyer un courriel avec un passage de son prochain livre. Il avait renoué contact avec elle par l'intermédiaire du magazine où elle publierait son article pour les lecteurs qui profiteraient de cette exclusivité.

Ce geste concret pour maintenir un lien avec elle avait fait bondir son cœur de joie. Son âme sœur avait fait un premier pas. Elle ferait le suivant. Le cœur grand ouvert. En toute confiance. Les mots de l'extrait l'avaient touchée. Ils vibraient en elle, ils se répétaient inlassablement, résonnaient si profondément. Les mots rayonnaient dans l'espace étoilé et lui revenaient comme en un écho :

Le souffle du rêve qui nous a donné naissance nous porte toute notre vie et aspire à se réaliser. Il chuchote à notre oreille. Lorsqu'un hasard nous interpelle davantage et qu'on l'écoute, il devient une intuition. Quand on suit son intuition, une porte s'ouvre. Dès que l'on franchit le seuil, chaque pas révèle le suivant, un chemin se dessine. En osant explorer le chemin, on est au bon endroit, au bon moment, avec la bonne personne. Guidé par la joie, on trouve sa voie.

L'amour est la clé qui ouvre la fleur intérieure, la fait vibrer d'un son unique. Et lorsque plusieurs êtres vibrent à l'unisson, c'est le paradis sur terre.

Post-scriptum

Merci d'avoir plongé dans les univers de ces personnages. Laissez une évaluation ou un commentaire sur la plateforme d'Amazon. Ce serait vraiment apprécié. Vos mots comptent. Vos mots font une différence. Ils ont le pouvoir d'influencer d'autres lecteurs. Offrez le livre en cadeau.

Je vous réitère mon invitation. Pour en savoir davantage, obtenir des téléchargements gratuits, participer à des tirages de livres et être tenus au courant des nouveautés, inscrivez-vous à mon *Infolettre* au :

www.alinestemarie.com

Suivez-moi également sur

www.facebook.com/alinestemarieauteure